JOHN Berger

HERE IS WHERE WE MEET

我們在此相遇［約翰・伯格］

吳莉君 譯

PEOPLE

獻給

Chloe

Lucy

Dimitri

Melina

Olek and

Maciek

[目錄]

I

里斯本

Lisbon

在里斯本某廣場中央，有棵名叫盧西塔尼亞（Lusitanian）的絲柏樹，「盧西塔尼亞」這個字的意思是：葡萄牙人。它的枝枒並非朝天空伸展，而是在人力的馴誘下水平向外舒張，舒張成一把巨大、綿密、異常低矮的綠傘，直徑二十公尺的傘葉，輕輕鬆鬆就將百餘人收納進它的庇蔭之下。支撐樹枝的金屬架，圍繞著扭絞糾結的龐然樹幹排成一個個同心圓。這棵絲柏起碼有兩百歲了。它旁邊立著一塊官方告示牌，上面有一首路過行人寫的詩。

我停下腳步，試著辨認其中幾行：

……我是你鋤頭的柄，是你家屋的門，是你搖籃的木，是你棺材的板……

這廣場的另一處，一群小雞在蓬亂的草地裡覓啄蟲子。幾張桌子上的男人玩著*sueca*[1]牌，每個人先是仔細挑牌，然後把牌打出來，臉上的表情混合著智慧精明與聽天由命。在這兒贏牌，可是莫大的樂趣。

5月的末尾，天氣炎熱，約莫攝氏二十八度。再過一兩個禮拜，就某方面而言始於太加斯河[2]彼岸的非洲，就會出現在肉眼清晰可見的距離。一名老婦人帶著一把傘寂然不動地坐在公園長椅上。是那種引人目光的寂然不動。以這般姿勢坐在公園長椅上，她打定主意要人注意到她。一名男子拎著公事包穿越廣場，帶著每天每日往赴約會的神情。然後，一位面容悲傷的女子抱著一隻面容悲傷的小狗經過，朝自由大道[3]筆直走去。長椅上的老婦人依然維持著她那展示性的寂然不動。那姿勢究竟是擺給誰看呢？

就在我喃喃問著這問題時，突然間，她站了起來，轉過身，拄著雨傘，走向我。

我先是認出她的步伐，過了好一會兒，才看清她的臉龐。

1 sueca牌：盛行於葡萄牙和巴西的一種計分牌戲，在工人之間尤其流行。Sueca牌由四個人玩，兩兩一組，同組成員對桌而坐。紙牌共四十張（去掉標準撲克牌裡的八、九和十），每張紙牌代表的分數高低依次是：A（十一分），7（十分），K（四分），J（三分），Q（二分），6、5、4、3、2（零分），總分一百二十，分數高者為贏家。玩法是：隨機選出一名發牌者，由發牌者右邊的牌友洗牌，左邊牌友切牌，然後發牌者順時鐘發牌，一人十張，最後一張（屬於發牌者）掀開做為底牌，由發牌者左邊那位開始根據底牌出牌，如果手上有相同數字必須打出該張牌，沒有者可打任何牌，四人出完後，由同號花色最大者贏牌，如果都沒同號，就由數字最大者贏那是某人期盼已久的步伐，期盼它走過來坐下的步伐。那是我母親。

我常常夢見，我必須打電話到父母的公寓，告訴他們，或請他們轉告某人，我會晚點到，因為我錯過了接駁車。我想通知他們，我不在這個時刻我應該在的地方。夢中的細節每次都不同，但我想告訴他們的主題全都一樣。還有一點也一樣，我總是沒把電話簿帶在身上，而且不管我怎麼絞盡腦汁，總是想不起他們的電話號碼，不管試了幾次，總沒一次是對的。這倒是和夢醒時的情況相當符合，我的確已經把那棟公寓的電話給忘了，我父母在那棟公寓住了二十年，那支號碼曾經牢記在我心中。不過，在夢中，我不止忘了他們的電話號碼，也忘了他們早已離開人世。父親在二十五年前撒手人寰，母親十年後隨他而去。

牌，接著由贏家出牌。最後計分是兩兩一組計算，一組得分超過六十者贏一局，超過九十一分者，算贏兩局，若將所有分數全部吃到，算贏四局，比賽結束。

2 太加斯河（Tagus River）：伊比利半島最長的河流，發源於西班牙，於里斯本注入大西洋，出海口寬闊如海，跨越河岸的達伽馬橋（Vasco da Gama Bridge）全長十七點二公里，是歐洲最長的橋樑。里斯本位於太加斯河北岸，太加斯河以南地區在歷史上有相當長的一段時間屬於伊斯蘭摩爾王國，所以作者有「就某方面而言始於太加斯河彼岸的非洲」一語。

3 自由大道（Avenida da Liberdade）：里斯本最主要的一條大道，建於十九世紀，相當於巴黎的香榭麗舍大道。

在廣場上，她挽著我的手臂，像說好似的，我們穿過對街，慢慢往「水之母」[4]的階梯頂端走去。

約翰，有件事情你不該忘記——你已經忘記太多事情了。這件事你該牢牢記住：死者不會待在他們埋葬的地方。

她開始說話，但她沒看著我。她緊盯著我們前方幾公尺的地面。她擔心跌跤。

我說的可不是天堂。天堂很不錯，但我要說的剛巧是件不同的事！

她停下來，咀嚼著，彷彿其中有個字眼包了一層軟骨，得多嚼幾回才能嚥下。然後她繼續說：

人死了以後，可以自由選擇他們想住在這世上的哪個地方，他們最後總是會決定留在人間。

妳是說，他們會回到某個生前讓他們覺得愉快的地方？

這時，我們已站在階梯頂端，她的左手扶著欄杆。

你以為你知道答案，你總是這樣。你應該多聽你爸的話。

他解答了很多事情。我到今天才了解。

我們往下走了三階。

你親愛的老爸是個充滿疑惑的人，就是因為這樣，我才得時時跟在他後面。

4　水之母（Mãe d'Agua）：位於里斯本Rato區，是該城容積最大的蓄水庫，也是著名的里斯本水道橋的終點站。這座蓄水庫完成於1834年，如今水道橋和蓄水庫都隸屬於水博物館（Museu das Água）的一部分，由葡萄牙水公司負責經營。

幫他揉背？

沒錯，還有別的。

又往下走了四階。她放開扶欄。

死者怎麼選擇他們想住在哪裡？

她沒回答，她攏了攏裙子，坐在下一層階梯上。

我選了里斯本！她說，那口氣，像是在重複一件非常明顯的事。

妳來過這裡嗎——我猶豫著該用哪個詞，因為我不想太過凸顯其中的差別——**以前**？

她再次忽略我的問題。如果你想知道什麼以前我沒告訴你的事，她說，或是你已經忘記的事，現在可以問我。

妳根本什麼也沒告訴我，我說。

誰都會說！說這！說那！所以我做別的。她表演式地望向遠方，望向太加斯河彼岸的非洲。不，之前我從未來過這裡。我沒跟你說，但我做別的，我讓你「看」。

爸也在這？

她搖搖頭。

他在哪？

我不知道，我沒問他。我猜他可能在羅馬。

因為教廷？

她第一次看著我，眼中閃耀著玩笑得逞的小火光。

才不是，是因為那些桌巾！

我挽著她的手臂。她輕輕將我的手從手臂上移開，握在她手中，然後緩緩地將我倆的手放到石階上。

妳在里斯本住多久了？

你不記得我告誡過你事情是怎麼發生的嗎？我告訴過你它就會像這樣。超越了年月日，超越了時間。

她再次凝視著非洲。

所以時間不重要，地方才重要？我說這話是為了挑釁她。我年輕的時候很愛挑釁她，她也順著我這麼做，這讓我倆想起了一段逝去的悲傷往事。

小時候，她的篤定明確經常激怒我（與我們爭辯的內容無關）。因為，至少在我眼中，那種篤定明確洩漏出在她虛張聲勢的口氣背後，她是多麼的脆弱和猶豫，這讓我很生氣，因為我希望她是無堅不摧的。於是，舉凡是她用堅定無比的口氣談論的東西，我都會一概予以否定，希望藉由這項動作能讓我倆找到其他東西，我們可以彼此信任、共同提出質疑的東西。然而這種結果從未出現，事實上，我的反擊只會讓她變得更脆弱，然後，我倆就會無可奈何地陷入毀滅哀慟的漩渦，只能無聲地吶喊天使，求祂趕快來拯救我們。

這裡至少有隻動物可以拯救我們，她說，眼睛盯著十個階梯下方一隻她以為正在曬太陽的貓。

那不是貓，我說。那是一頂舊毛帽，一頂筒狀的小牛皮翻毛軍帽。

就是這樣我才吃素，她說。

妳很愛吃魚吧！我爭辯著。

魚是冷血的。

那有什麼不同？原則就是原則。

約翰啊，生命中的每一件事都是畫線問題，你得自己決定你要把線畫在哪裡。你不能幫別人畫那條線。當然啦，你可以試，但不會有用的。遵守別人定下的規矩可不等於尊重生命。

如果你想尊重生命，你就得自己畫那條線。

所以時間不重要，地方才重要？我又問了一次。

不是任何地方，約翰，是相遇的地方。這世界還留著電車的城市已經不多了，對吧？在這裡，你時時刻刻都能聽到電車的聲音，除了深夜那幾個小時。

妳睡不好嗎？

在里斯本市中心，幾乎沒有一條街上聽不到電車的聲音。

那是194號電車，沒錯吧？每個禮拜三，我們都會搭它從克羅伊頓東[5]去克羅伊頓南，然後再搭回來。我們會先去蘇瑞街（Surrey Street）的街市買東西，然後走到戴維斯劇院[6]，那裡有一架電子琴，只要有人彈它就會變顏色。那班電車是194號，沒錯吧？

我認識那個琴師，她說，我會在街市幫他買芹菜過去。

妳還買腰子呢，雖然妳吃素。

你老爸早餐喜歡吃腰子。

和布盧姆[7]一樣。

別在那裡炫學了！這兒沒人會注意你。你老是想坐在電車的最前排，樓上的[8]。沒錯，那是194號。

每次爬那些樓梯時，妳總是抱怨說：哎喲，我的腳，我可

5 克羅伊頓（East Croydon）：倫敦南區的大型市鎮和主要商業中心，屬於大倫敦計畫的一部分。

6 戴維斯劇院（Davies Picture Palace）：位於克羅伊頓區，建於1928年，是當時歐洲最大的劇院之一，可容納四千人。1959年因為拓寬街道而遭拆除。

7 布盧姆（Leopold Bloom）：喬哀思小說《尤里西斯》的主角，喜歡吃腰子。

8 倫敦的電車是雙層，所以有「樓上」之說。

憐的腳！

你喜歡坐在樓上的最前排，因為這樣你就可以假裝在開車，而且你想要我看著你開。

我喜歡那些角落！

那些欄杆和里斯本這裡的一樣喔，約翰。

妳還記得那些火花嗎？

記得，在那些該死的下雨天。

看完電影後開車，感覺最棒。

我從沒見過哪個人像你那麼辛苦，坐椅子老坐在最邊緣。

在電車上？

在電車上，在電影院也是。

妳常在電影院裡哭，我說。妳有個習慣，老愛揩眼角。

就跟你開電車一樣，馬上就停了！

才不呢，妳是真哭，大多數時候都這樣。

我可以跟你說件事嗎？我不知道你之前有沒有注意到聖胡斯塔瞭望塔[9]？就是下面那個。那是里斯本電車公司的財產。塔裡面有座升降梯，那座升降梯其實哪裡也沒去。它只是把人載上去，讓他們從平台上瞭望四周，然後再把他們載下來。那是電車公司的。現在啊，約翰，電影也可以做同樣的事。電影也

9 聖胡斯塔瞭望塔（tower of Santa Justa）：里斯本的著名地標，裡面有座垂直電梯連接下城區（Baixa）和高地區（Bairro Alto），該塔是由艾菲爾的一名學生設計建造，1902年啟用。

可以把你帶上去，然後再帶回原來的地方。這就是人們為何在電影院裡哭泣的原因之一。

我以為——

別想了！人們在電影院裡哭泣的理由，就跟買票進去的人數一樣多。

她抿了抿下嘴唇，每次擦完唇膏，她也會做這動作。在「水之母」階梯上方的一座屋頂上，有個女人正一邊唱著歌，一邊把床單夾在曬衣繩上。她的聲音悲傷逾恆，她的床單雪白閃亮。

我第一次來里斯本時，母親說，就是聖胡斯塔的升降梯把我載下來的。我從來沒在裡面往上升喔，你懂嗎？我是從那裡下來的。我們全都是這樣。這就是它建造的目的。它的襯裡是木頭的，就像鐵路的頭等車廂一樣。我看過一百個死者在裡面。它是為我們建造的。

它只能載四十個人，我說。

我們又沒重量。你知道，當我踏出升降梯時看到的第一個東西是什麼嗎？一家數位相機店！

她站起身，開始往回爬。不用說，她爬得有點喘，為了讓自己輕鬆一點，也為了鼓勵自己，她噘起雙唇，像吹口哨似的，發出長長的噓聲。她是第一個教我吹口哨的人。我們終於爬到頂端。

我暫時不打算離開里斯本，她說。我正在等待。

她隨即轉過身，朝她剛剛坐著的長椅走去，然後，那座廣場變得宛如展示品般寂然不動，彷彿靜物一樣，直到她終於消失。

接下來幾天，她始終沒現身。我在這座城市裡四處閒晃，觀看、畫畫、閱讀、聊天。我沒到處找她。不過三不五時，我會想起她——通常是因為某種半隱半現的東西。

里斯本這城市和有形世界的關係，與其他城市很不一樣。它玩著某種遊戲。它用白色和彩色小石塊把廣場與街道鋪上各種圖案，彷彿它們不是道路，而是天花板。這城市的牆面，不論室內室外，放眼所及之處，都覆滿了著名的*azulejos*瓷磚[10]。這些瓷磚訴說著這世上各種精采絕倫的可見事物：吹笛子的猿猴、採葡萄的女人、祈禱的聖者、大洋裡的鯨魚、航行中的十字軍、大教堂的平面圖、飛翔的喜鵲、擁抱的戀人、溫馴的獅

10 azulejos瓷磚：指葡萄牙著名的彩繪瓷磚。Azulejos一字可能源於阿拉伯文的al zulaycha，意指「打磨光亮的石頭」。十五世紀時，葡萄牙人從佔領者摩爾人那裡學會波斯瓷磚的製造技術，並自十六世紀將此項技術發揚光大，創造出自身的獨特風格，並大規模裝飾在公共與私人建築的室內與室外牆面上，成為葡萄牙文化中非常重要的一環。瓷磚上的彩繪圖案從幾何圖形、動植物、建築風景乃至人物故事不一而足，種類紛繁。直至今日，依然有各種現代且充滿想像力的瓷磚不斷出現。

子、身上有著豹紋斑點的莫里亞魚。這城市裡的百變瓷磚，吸引著我們去注意周遭的有形世界，去留心那些可見的事物。

然而與此同時，這些出現在牆面、地板、窗緣和階梯下的裝飾，卻又訴說著另一個完全相反的故事。它們那些容易碎裂的白色釉面、那些朝氣蓬勃的色彩，還有黏覆四周的灰泥與不斷重複的圖案，在在都強調了這個事實：它們正掩蓋了某種東西，而不管埋躲在它們下方或後面的究竟是什麼，都可以永遠地隱藏下去，在它們的掩護之下，我們什麼也看不見！

當我走在街上，看著那些瓷磚，它們就像在玩紙牌似的，蓋住的牌遠比掀開的多。我在一次又一次的發牌、一局又一局的牌戲中，向前走、往上爬、轉過身，然後，我記起她玩牌時的毅力。

這城市究竟是建立在幾座山丘之上，對於這個數字，始終莫衷一是。有人說七座，就像羅馬一樣。有人卻不以為然。但無論幾座，這城市的市中心都是建立在一片崎嶇、險峻的岩石地上，每隔個幾百公尺，就要陡升一次，猛降一回。幾百年來，這城市的街道絞盡腦汁地挪用了各種手段來排除這令人暈眩的地形：階梯、圍地、平台、死巷、曬成簾幕似的衣服、落地窗、小天井、扶手欄、百葉板；他們用每樣東西來遮擋陽光和海風，用每樣東西來模糊室內與室外。

沒有任何東西能引誘她走進距離懸崖邊緣不到五十公尺的地方。

穿梭在阿爾法馬區[11]的樓梯、陽台與晾曬的衣物之間，我好幾次迷失了自己。

有一回，我們打算離開倫敦但走錯路。父親停下車，攤開地圖。我們開太遠了，太西邊了，母親說。我的方向感很好，有個摸骨師跟我講過不止一次。他是從這裡感覺到的。她摸了摸自己的後腦勺。那時，她有一頭讓她很不自在的美麗秀髮。他說，我對地點的好能力就在這裡。

沒人會把摸骨師的話當真，我從後座吐嘈。他們全是些祕密結社的法西斯分子。

你憑什麼這麼說？

你不能用一把鉗子來測量人的天賦。再說，他們的標準是打哪來的？希臘人，當然啦。狹隘的歐洲人。種族主義者。

那個摸我頭的是個中國人，她嘟囔著。

11 阿爾法馬區（Alfama）：里斯本最古老的一區，由太加斯河岸往山坡頂端的里斯本城堡延伸而去，充滿蜿蜒曲折如迷宮般的窄巷和小廣場。此區是摩爾人統治時代的城市中心所在，自下城區拓建之後，便成為漁夫和窮人的居住地，至今仍保留濃厚的歷史風情，也是Fado音樂的大本營。溫德斯的電影《里斯本的故事》，便是以此區為主要拍攝地。

他們只把人分成兩類，我說，純粹的和墮落的！

不管怎樣，他們對我的說法是正確的！我就是有很好的方向感！我們開太遠了，好幾英里前我們就該左轉的，就是剛剛看到那個少了雙腿的可憐傢伙那裡。現在我們只能繼續往前開——沒地方可掉頭，太遲了。如果可以的話，我們應該在下個路口左轉。

太遲了！是她的口頭禪之一。每次聽到，我總是一把怒火。碰到某些瑣碎無聊或重大無比的事情時，她就會冒出這句。但這句話在我聽來似乎與事件無關，而是和時間的柵欄有關——那是我在大約四歲時開始注意到的一種東西——這道柵欄確保了某些東西是可以挽救的，某些東西則不然。她會輕輕唸出這三個字，不帶一絲悲傷難過的口氣，就好像她是在報某樣東西的價錢。我的怒火有部分正是來自於這種冷靜的語調。也許就是因為她的冷靜，再加上我的憤怒，後來我才決定要研究歷史。

上述情景在我腦中悠轉的時候，我正坐在阿爾法馬區一家拖車大小的酒吧裡喝著濃烈刺激的咖啡。我注視著其他客人的臉龐，全都超過五十歲，經歷過同樣的風霜。里斯本人老愛談論一種感覺，一種心情，他們管它叫*saudade*，這字通常翻做鄉愁，但其實並不貼切。鄉愁隱含著一種安適愜意，即便懶散如里斯本也無緣享受。維也納才是鄉愁之都。這城市依然飽受狂風吹襲，一直以來這兒的風都太多了，多到鄉愁無法停駐。

當我喝下第二杯咖啡，看著一位喝醉者用雙手小心翼翼地把他正在講述的故事像疊信封似的精精準準地疊在一起時，我確定*saudade*是一種怒火攻心的感覺，就是當你聽到有人用過於冷靜的聲音說出**太遲了**這三個字時那種怒火攻心的感覺。而Fado[12]就是它令人永難忘懷的音樂。也許對死者而言，里斯本是一個特別的停靠站，也許在這裡，死者可以比在其他城市更加賣弄自己。義大利作家塔布其（Antonio Tabucchi）深愛著里斯本，他成天都和死者耗在這裡。

接下來那個禮拜天，我在下城區[13]，正穿越巨大的商業廣場（Praça do Comércio）。下城區是這座老城唯一一塊平坦低矮的地方。三面由著名的山丘環繞，第四邊是太加斯河河口。太加斯河又稱麥稈之海（Sea of Straw），因為在某種光線照耀下，它的河水有一種金色光澤。十五世紀時，里斯本的水手、商人

12 Fado：葡萄牙最著名的一種音樂類型，Fado的字面義為「命運」。這種音樂類型可回溯到1820年代，且很可能帶有摩爾歌曲的根源。憂傷的曲調與旋律是Fado的特色，傳唱的內容多半是關於大海與貧窮的人生，阿爾法馬區的小餐館是Fado音樂的大本營。溫德斯電影《里斯本的故事》裡的「聖母合唱團」，便是新派Fado音樂的代表團體。

13 下城區（Baixa）：今日里斯本的市中心所在地。1755年的大地震將該區化為瓦礫，之後，在彭巴侯爵（Marquês de Pombal）的主導下，將該區以幾何理性的方式，重

和奴隸販子，從這裡的碼頭航向非洲、東方和稍後的巴西。當時，里斯本是歐洲的首富之都，販賣著各種不把大西洋放在眼裡的貨品：黃金、來自剛果的奴隸、絲綢、鑽石和香料。

把每顆蘋果插上兩粒丁香，她吩咐著，然後我們要加上紅糖放進烤箱裡烤。

我會趁她不注意的時候插上第三粒，我確信這樣會讓蘋果更好吃。

假使被她發現了，她會把那第三粒丁香拔下來，放回罐子裡。它們是從馬達加斯加來的，她解釋著。不浪費，不匱乏！（Waste not, want not!）

這是她的另一句口頭禪，像副歌一樣唱個不停。不過，「不浪費，不匱乏」和「太遲了」不同，這句話比較像警語，而非哀嘆。一句總是能派上用場的警語，我一邊想著，一邊穿越下城區，走向商業廣場。這廣場的尺度規模以及明顯的幾何性，全都是不切實際的夢想。

1755年11月的第一個星期，一場致命的地震伴隨著海嘯狂濤以及繼之而來的大火，摧毀了里斯本的三分之一土地和上萬居民。饑荒、疾病與洗劫緊接登場。就在大火還熊熊燒著，災民只有破爛衣物可以蔽體的當兒，人們也開始在灰燼與瓦礫堆

建成迥然不同於先前面貌的棋盤方格狀，與里斯本其他地區那種蜿蜒曲折的街景恰成對比。巨大的商業廣場是下城區鄰近河岸的起始點，周圍商店銀行林立。

中買賣打劫而來的鑽石。儘管天空湛藍，麥稈之海閃爍金光，但每張嘴裡談論的都是懲罰與報應。

才隔一年，彭巴侯爵[14]便開始夢想一座理性與對稱的新城市。這場大災難撼動了歐洲所有哲學家的樂觀主義和正義觀念，因此，里斯本的重建計畫，完全是建立在由財富之流掛保證的繁榮與安全之上！重建後的下城區完美實現了銀行家的夢想街道：規則、透明、平行、可靠，巨大的商業廣場將為這座城市打開世界貿易的大門……

然而，十八世紀下半葉的里斯本既非曼徹斯特也非伯明罕，工業革命的巨輪已經在其他地方隆隆轉動。沒落的時代來臨了，這場衰退終將讓葡萄牙變成西歐最貧窮的國家。

無論有多少人聚集在商業廣場，那裡看起來總是呈現悲觀的半空狀態[15]。

她的錢包裡幾乎沒放什麼錢。她處理現金的動作非常靈巧而精準。她會把錢分成一小筆一小筆，藏在註明用途的不同信封中，或收進化妝桌的抽屜裡，免得不小心花掉。有一次，她

14 彭巴侯爵（Marquês de Pombal, 1699-1782）：葡萄牙國王約瑟夫一世在位期間的主要掌權者，是位深具眼光的重商主義者，鼓勵葡萄牙與殖民地加強貿易關係，並限制外國貨物進口，發展國營事業及強化教育等。一手主導里斯本大地震後的重建工作。

15 半空狀態：half-empty，在英文裡隱含著悲觀的意思，相對於樂觀的half-full。

掉了一張十先令鈔票，那相當於一名女工三分之一的月薪。它走了！她哭訴著。它走了！她說這話的口氣，就好像是那張紙鈔自己選擇離開似的，好像那張鈔票是隻忘恩負義的動物，她明明給了它一個這麼好的家，它竟然忘恩負義的逃走了。走了！

每當她哭泣的時候，她總會試著轉過臉，避開我。這可能是顧慮到我的關係，但也是因為在她想到我之前，她的眼淚已將她帶回到另一個時間。每當她哭泣的時候，我總是等待著，就像等待一列長長的火車通過平交道。

過一會兒，她揩了揩眼睛，她說：我們會沒事的。我們只要稍稍走一段長長的路就沒問題了。

此刻，我正在奧古斯塔街（Rua Augusta），一條昔日銀行家夢想中的筆直街道。禮拜天，眼鏡行、美髮店、旅行社、海事保險公司，全都關門。居民正和家人、朋友上街吃午餐。許多人拎著一小包糖果蜜餞上主人家作客；週日伴手禮，精心細巧地妝點裹紮，繫上彩帶蝴蝶結。

龔塞松街（Rua da Conceição）街角，一群人等在人行道上，朝馬德蓮娜教堂（Madalena church）引頸期盼。我決定和他們一塊等。路上沒人通行。連電車也停駛了。

我聽到歡呼聲從下街傳來。緊接著，一百五十名跑者從馬德蓮娜教堂的方向出現。他們穩穩地跑著，一個挨著一個，彼此鼓勵，沒有誇張炫耀或競奪爭勝。男人和女人，青少年和七旬老翁，全都昂首向前，有些人呼吸時發出宛如馬匹的噴鼻聲。他們的長跨步在電車軌道的石板路上，敲打出緩慢規律的節奏。

一名小孩從背後推我，他想看得清楚點，我往旁邊挪了一下。有些跑者緊握雙拳，有些讓雙手輕鬆垂放。女人的手似乎都維持在臀部上下，男人的手則多半要高一些，差不多在胸部的位置。剛在背後推我的那個小孩，這會兒變成了她。她立刻牽起我的手。在她有生之年，她都是一雙冰冷的手。

在這場半馬拉松裡，她輕聲說道，沒半個人知道自己能否跑到終點。這就是祕密，別嘗試！那個魔法數字是十七。這會兒，他們全在跟自己說：要跑到第十七圈！

他們已經跑了幾圈了？

十。這是第十圈。還要七圈才到十七。跑完十七圈後，還有最後四圈——那時，他們的下腹部隨時可能痙攣——最後那四圈他們得自求多福！你不必替他們擔心，他們比你強。看那個男人的臉，看他的臉因為賣力跑步繃得多緊。

他的臉繃成了某種笑容。

他的笑容寫著他的名字！

他的名字是？

柯斯塔。加油，柯斯塔！

那她呢？

馬德蓮娜！

妳知道他們所有人的名字？

馬德蓮娜的臉也是緬緊的。馬德蓮娜正在笑！加油，馬德蓮娜！

有個男人的T恤上寫著路易茲。路易茲，我喊著，別給超過了。

荷西和多明尼克！她尖叫。

笑啊，每個人！我說。

這不是一個會把自己搞砸的城市，我的孩子。所以我才在這裡。

我瞥了她一眼。她也在笑，眼睛周圍爬滿褶紋，她那張老婦之臉看起來像團捏皺的紙。然後她重複說著：不是一個會把自己搞砸的城市，這就是我知道的。

她的聲音變了。變成十七歲的聲音。帶著那個年紀的肉體自信，與傲慢。這種傲慢從舌頭開始，無關乎它說了什麼或沒說什麼，也無關乎害羞或厚顏。這舌頭的傲慢伴著它的舌尖沿著它的白牙跑啊跑的，卻什麼也沒說。或者，在某個出乎意料的時刻，這傲慢突然提議要進入或刺探另一個人的嘴——另一個男孩或女孩的嘴。

我瞥著她。她十七歲那年，已經是一個世紀前的事了。

我們朝奇亞多[16]走著，忽然間，心血來潮，我發現自己進了一家糕餅店，問他們有沒有一種甜點，一種杏仁焦糖布丁，名叫「來自天堂的培根」。「來自天堂的培根」是甜的，嚐起來像杏仁糖，和培根沒任何關係。*Toicino do Céu*。我母親在外面等著。是的，他們有。我買了兩塊，糕餅師太太把它們包成禮物盒，繫上一條有著麥稈之海顏色的緞帶。我走回街上。

這是我的最愛。你怎麼知道的？她問我，用她十七歲的聲音。每天下午，我都會吃「來自天堂的培根」，她加上一句。

我們在賈梅士廣場[17]附近找到一家咖啡館，裝飾著藍白兩色的*azulejos*瓷磚。

這些瓷磚上的藍顏色，她說，和「瑞基特藍」[18]增白劑一模一樣。「瑞基特藍」的每個方形小包都裹著這樣的藍顏色。

我記得，小時候，我常幫妳轉扭擰機，把床單的水擰乾。

是啊，擰完總是滿地的水。

16 奇亞多（Chiado）：里斯本的一處廣場及其鄰近地區，介於下城區與高地區之間，是融合了古老與現代兩種面貌的購物街區，也是重要的文化和旅遊中心，該區的咖啡館留有許多知名文人的足跡，包括葡萄牙著名詩人佩索亞（Fernando Pessoa）。1988的大火重創該區，之後由葡萄牙最知名建築師西薩（Alvaro Siza Vieira）花了十年時間主持重建工程。

17 賈梅士廣場（Praça de Luiz de Camões）：奇亞多區最知名的兩座廣場之一，以十六世紀葡萄牙史詩詩人賈梅士命名，賈梅士曾在詩作中形容，葡萄牙是「陸地之終，海洋之始」。

反正有拖把嘛。

你上小學之前，的確幫了我很多忙。

在我上小學前，事情總是沒完沒了。妳知道小時候我覺得最神奇的東西是什麼嗎？

你聽起來像是打算寫自傳的樣子，別這樣！

別怎樣？

這樣你一定會給錯誤綁住的。

妳想猜猜看，小時候我覺得最神奇的東西是什麼嗎？

說吧。

妳的晴雨表！

你爸書桌旁那個？每次出去時我們都會把它帶走。所以你老爸就拿出工具箱，把它釘在牆上。我不知忘了多次。很多、很多次。那是個結婚禮物。

上面釘了一塊金屬牌這樣寫著。

那群童子軍倒是對那塊牌子印象深刻。

妳是1926年2月16日結婚，但我卻在同年的11月15日就出生了！

話不能這麼說！他們怎麼會知道？我很清楚你是什麼時候懷上的。

18 瑞基特藍（Reckitt's Blue）：英國最老牌的暢銷洗衣增白劑之一，1840年由貴格教徒瑞基特（Issac Reckitt）創立。

我一定是在妳新婚之夜懷上的，在巴黎。這樣才會剛好滿九個月！

我愛巴黎。打從第一次，我就深深愛上巴黎。

我知道。

那些枕頭套和莫里哀的雕像。

那妳現在為什麼沒在巴黎。妳大可選擇巴黎的。

你不能一輩子「活」在蜜月裡，不是嗎？

是不行，媽，但或許可以一輩子「死」在蜜月裡！

這句話讓她笑到流眼淚。那是個銀色的笑容，就像一束小水流注進一只精雕細刻的紅堡[19]古甕。

那只晴雨表到現在還能用喔，我說。

它的做工很棒。可以用上好幾輩子。

每天妳都會走過去看它，用指關節敲它的鏡面，再看一次，然後宣布：它正在往上升！或者隔天：它正在往下降！

你看過哪個晴雨表一直定著不動嗎？

有啊，在非洲。

那時我們不在非洲吧？

妳知道當時我怎麼想嗎？

她又笑了，噘起她的下唇。

19 紅堡（Alhambra）：西班牙格拉那達（Granada）知名的摩爾王朝城堡，是西班牙伊斯蘭建築藝術的瑰寶。

我看著妳擦去晴雨表上的灰塵。然後妳開始敲，不是一下，而是三下、四下、五下、六下，我看到妳臉上露出神祕的笑容，我知道妳已經改變了接下來要發生的事情！指針將會轉向，預告即將變更。指針會停在「晴朗」(FAIR)，把「變天」(CHANGE)拋在後頭。隔幾天，假使妳很焦慮，因為一直沒收到等待的信件，或是妳不喜歡從圖書館借來的那本書，妳就會用力狠敲晴雨表的鏡面，然後指針就會轉到接近「暴風雨」的位置。而且從沒出錯。只要它指向「暴風雨」，馬上就會有暴風雨。

所以，妳認為我是那個掌控者？

沒錯。

我的確讓很多事情處於我的掌控之下，我必須如此。

我就從沒包括在內！

對你，我連試都沒試。

沒？

人們試圖掌控所有風險，讓情況不致失控，但這指的是那些原本就在掌控中的事物。對你，我打從一開始就放牛吃草。

我覺得很孤單。

我真是太驚訝了，孩子，你是那麼自由自在。

以前我一直很害怕，怕這，怕那。現在還是。

這很自然啊！不然哩？你要不就無畏無懼，要不就自由自在，你沒法兩個都要。

但所有哲學的最終目標，就是要弄清楚如何可以兩者兼具啊，母親。

把你帶來這世界的，可不是什麼哲學。

她開始小口吃她最喜愛的焦糖布丁。

有那麼一時半刻，愛可以讓你兩者兼具，她加了一句。

妳經常處在那樣的時刻裡嗎？

一兩次。

她笑著說。那笑容伴隨一組未說出口的密碼。

妳知道嗎？我說，在妳的葬禮過後，我們所有人才知道，早在妳遇見老爸之前，妳就已經結過婚又離了婚，我們全都驚訝不已。

事情總有水落石出的一天！她說。我們深愛彼此，我的第一任丈夫和我。

那妳為何離婚？

因為我想生小孩！她用沾了焦糖布丁的手指指著我。那時我不知道你會是什麼模樣，但我想要個孩子。

而他不想？

他和我一起看星星。當時我不急。我才十七歲。老實說，我十六歲的時候遇見他── 1909年，那年我讀了梅特林克的《青鳥》[20]。我在泰特藝廊（Tate Gallery）遇見他，當時，就像每個星期天一樣，我正在欣賞泰納[21]的水彩畫。他邀我一起喝杯茶──那時代沒什麼咖啡──然後告訴我老年泰納的所有雙面生活。我覺得他是個老人，雖然當時的他只有你現在的一半歲數。我記得，那時我很好奇他是否也有雙面生活。下一個禮拜天，他跟我說了米利暗[22]的故事。

妳是說聖經那個故事？

他跟我說了兩個。聖經的故事和我的故事。你知道嗎？他是第一個叫我米利暗的人！在家裡，親人總是叫我敏。當我離開父親照管的馬廄和那些馬匹時，我是敏。等我過了沃霍橋（Vauxhall Bridge），踏上他在那兒迎接我的泰晤士河彼岸，我頓時就成了米利暗。

妳何時嫁給他？

他那時剛從印度回來，我想，假如我嫁給他，或許是一個留住他的好方法。我留了他九年；有九年的時間，他和他的米利暗快樂地生活在一起。

20 梅特林克（Maeterlinck, 1862-1949）：比利時詩人、劇作家和散文作家，1911年諾貝爾文學獎得主，死亡與生命的意義是其作品的關注主題，常帶有悲劇色彩和神祕氣氛。創作於1907年的《青鳥》（*Blue Bird*）夢幻劇是他最著名的作品，描述樵夫的一對子女在夢中尋找青鳥的故事，「青鳥」也因之成為幸福與追求的象徵。

21 泰納（Turner, 1775-1851）：英國浪漫主義派的風景畫大師，非常擅於表現霧氣瀰漫的夕陽和火光。伯格認為，泰納是最足以代表十九世紀英國特性的人物，更甚於狄更斯或史考特。「羅斯金寫道，泰納的藝術最基本主題是死亡。我寧願認為他的創作主題是孤獨、狂暴及不可救贖的宿命。」（伯格《影像的閱讀・泰納和理髮店》）

他沒工作？

他思考事物，提出問題。而我學習，我閱讀，所以我能和他談天。有些事情我們可以聊上一整晚。他叫醒我，帶我走進花園，我們有座大花園，花園的盡頭，是一尊塞尼加[23]的胸像，那兒沒人看得見我們，我們像亞當和夏娃一樣站在那兒，注視太陽升起。

像亞當和夏娃？

赤身裸體。

那房子在哪？

克羅伊頓。

克羅伊頓！我驚聲尖叫。

噓！別叫，人家會看我們；沒人會在這座城市裡大叫。我還記得我坐在那尊雕像下衷心學到的一段話：「妳必須無欲無求，如果妳想超越朱比特的話，因為他是個無欲無求的人！」

但妳想要個孩子，而朱比特不想！

別這麼粗鄙。亞佛烈崇拜我。你懂嗎？他讓我覺得自己很美。妳父親查爾斯是個更有男子氣概的人；他從遠遠的地方崇拜我。

父親見過他嗎？

22 米利暗（Miriam）：舊約聖經中的女先知，摩西的姊姊，陪同摩西帶領族人逃出埃及。

23 塞尼加（Seneca, 4BC-65AD）：古羅馬政治家與斯多葛派思想家，被視為古典時代對真理與正義的誠摯追求者，其簡練警語式的道德倫理論文，對後世影響極為深遠。

離婚後，他便離家四處漂泊，成了流浪漢。

妳一定很難受。

那是他想要的。

妳還繼續見他嗎？

是的，我還見他。就像我現在來見你一樣。

他也在里斯本？

如果有哪個人應該直接上天堂，那就是亞佛烈。他是個聖人。很難和聖人一起生活。但他從前確實是個聖人。他現在不在里斯本。

我想我見過他一次。

不可能！

有一天在克羅伊頓，妳把我留在一家大賣場裡。

肯那茨（Kennards）！

妳把我留在肯那茨的玩具部門。

你喜歡看那裡的火車。新式電動的，不是上發條那種。

妳帶我到玩具部門，然後妳說：約翰，在這等著，我不會去太久。我等著。火車似乎越走越慢，越走越慢。我沒擔心，但妳真的去了很久。我看著號誌轉換顏色超過一千次。妳回來時滿臉通紅，好像是一路跑過來的。我們隨即搭電梯下到一樓。在大賣場外面的一條後街上，有個男人站在人行道上擋住我們的去路，妳用手帕把臉遮住。他身上的衣服用繩子綑紮在一起。鬍子如雜草般蔓生。還有他的表情！我無法把目光從他臉上移開。

亞佛烈！母親囁嚅著，在那家貼了藍白*azulejos*的咖啡館裡。

他有妳的兩倍大，我說，他的老朽模樣甚至讓他看起來更巨大。妳記得接下來發生的事嗎？他給了妳一個包裹。

那是一些信件。他說他沒有地方擺那些信，現在他住在街上，但他無法親手毀了它們，所以他想送還給我。

那些信還在嗎？

她搖搖頭。

我把它們燒了，一回到家立刻就燒了。

後來他伸出一隻骯髒的手撥亂了我的頭髮，他對妳說：他需要好好照顧。

母親開始哭泣，在貼了*azulejos*的咖啡館裡。

事情該結束的時候，她啜泣著，我不會猶豫。

當時妳還愛他嗎？

他的眼睛能讓人通體燃燒，她低聲說。

打從我看到他的那一刻，我就知道，不管那個下午妳人在哪裡，妳肯定是和他在一起。然後我跟自己說，我永遠不會告訴任何人。

之後沒多久他就死了。被一輛轎車撞倒，那輛車沒停下來。他們以為他是個流浪漢。

她用手摀著臉。

那很危險，她說，咀嚼著字詞，只靠美德生活，或只靠塞尼加所謂的智慧生活，就算那是真智慧，也是危險的。那會讓人上癮，就像喝酒。我已經看出來了。

為何他說我需要好好照顧？

她放下雙手。

他看你一眼就知道了。當時你十歲，一張嘴巴總是張得開開的。

他知道妳有小孩嗎？

我沒隱瞞他任何事。

一張布滿痛苦的臉，我說。

接著是一段長長的沉默，我倆望向窗外，看著房子的白盯著天空的藍。然後她說：亞佛烈告訴過我而我告訴過你，現在我跟你說，你在他臉上看到的不只是痛苦。不只是痛苦。我想要休息一下。

她站起身，緩慢朝洗手間走去。

她正在準備馬鈴薯泥。又細又鬆軟，她說，一邊用叉子翻攪著，頭上裹著一條大方巾。她整天都在我們住的茶室廚房裡工作。她忍受爐灶的熱氣之苦，然而，當她把沾了糖粉或自製蛋奶凍的手指放進嘴裡輕舔時，她總忍不住一臉笑意：那甜美的滋味裡覆滿了她的驕傲，她知道自己是個很棒的糕點師傅。我看過她寫在日誌本裡的東西。她每年都給自己買一本日誌，通常會等到2月打折的時候。她選中的日記本上總附有一枝細細的鉛筆。鉛筆穿過環圈緊挨著金色頁緣。比香菸更小更細——那時，她抽的是Du Maurier香菸——那往往是我們想寫東西時唯一能找到的鉛筆。有時，我會用它畫畫。要記得還給我。她會把它小小心心地插回環圈裡。她用鉛筆寫每日大事，記下她難得一次的約會，以及有條不紊的每日天氣。早上：雨。下午：晴朗。

下次遇見她，是一個晴朗早晨。

里斯本市中心的電車，與昔日行駛於克羅伊頓的紅色雙層巴士大異其趣；它們如小漁船般侷促，一身檸檬黃。當電車司機順利通過宛如海峽的陡峭單行道，把車頭拐向難以察覺的碼頭時，感覺他們是在拖網、掌舵，而非轉動方向盤與操作引擎桿。儘管不時有猛然的陡降、傾斜，活像在浪濤中搖擺，但車上的乘客，大多是老人家，卻依然沉穩、冷靜——彷彿正坐在自家客廳或正在拜訪鄰居。事實上，坐在電車開了窗戶的座位裡，他們的確是緊貼著這些房間，隨便伸個手就可以碰到掛在窗台上的鳥籠子，就可以輕輕推上一把，讓籠中鳥晃啊晃的。

我趕上開往歡樂地（Prazers）的28號電車，那是一座古老墓園的名字，那兒的陵墓有著鑲了透明窗玻璃的大門，可以從中瞧見往生者的住所。這些住所裡大多擺了幾張矮桌、一把椅子、鋪了床罩的床架、地毯、相片、聖母雕像，和坐墊。其中一家的地毯上有雙舞鞋。另一家有輛腳踏車和一枝釣魚竿斜靠著面對床架的牆壁，床架上有具小棺木。

我在格拉西亞（Gracia）區的教堂前面搭上電車，那是從墓園駛來的那線電車的終點站，就在我們行經下一個街區，也就是「高地區」[24]時，我再次遇見我母親。她就像窄街上的其

24 高地區（Barrio Alto）：十七世紀里斯本的時髦住宅區，迷宮般的斜坡窄巷和長串階梯之間，林立著典雅的傳統大宅以及各式酒吧與餐館，由於此區並未受到1755年大地震的破壞，所以仍保有濃厚的歷史氣息，入夜後則成為里斯本夜生活的大本營。

他行人一樣，把自己貼平在一家店門口，好讓鈴鈴作響的電車通過。儘管如此，她還是發現我在車上，在下一個轉角，電車停了下來，兩組車門像木頭窗簾似的咿咿啞啞打了開來，她帶著勝利的神情爬上車，從皮包裡拿出車票，然後，用一把普通雨傘當成楞杖，走到我旁邊，把手臂悄悄塞進我的臂彎。一隻狗兒坐在另一名老婦人的腳旁搖著尾巴，啪啪啪地敲響地板。木頭窗簾合了起來。電動引擎嘰嘰嘎嘎聚集了足夠馬力讓電車再度上路。她沒說話，默默交給我一只塑膠袋，上面印著哥倫布購物中心[25]的商標。

到了下一站，當木頭窗簾再次打開時，她說：我們要去市場，我說對了嗎？

是的，那正是我的意思。

聽到我說「是的」，她笑了，用她十七歲的笑聲。

下車吧，她說，走個一分鐘就是整條下坡路，一直通到里貝拉市場[26]。

從裡面看，里貝拉市場像座寶塔，一座用刻石、玻璃和鑄鐵搭建的寶塔。這項工程的最大挑戰，必定是如何找到最理想的方式讓太陽光射進來，同時又能提供足夠的遮蔽，免除盛夏驕陽的荼毒。解決方案就是把它蓋得很高，而且只讓光線從側

25 哥倫布購物中心（Colombo Shopping Center）：里斯本最大的購物中心，也是歐洲屬一屬二的購物中心之一。

26 里貝拉市場（Mercado da Ribeira）：里斯本最受歡迎的食物和魚市場，十九世紀末就已存在，今日的市場大廳是1930年代的建築。

廊射入。

這裡的蒼蠅少得嚇人，即便是掛滿生肉的地方，也沒瞧見幾隻。她領著我，腳步輕快地走著，雨傘幾乎沒碰到石板路。我們穿越蔬菜水果，直抵鮮魚大道。

一個念頭打我腦海閃過，她之所以選擇里斯本，就是因為里貝拉市場。

大型魚市場是個奇特的地方，跨進這裡，你像是進入了另一個王國。石海膽、海戰車（蟬蝦）、八目鰻、烏賊、鱈魚、大比目魚，在這兒，有關時間與空間、長壽與苦痛、光明與黑暗、警醒與沉睡、認知與差異的衡量尺度，全都改變了。例如，魚類從不停止生長，年紀越老，身形越大。一條六十歲的沙魟可以長達兩公尺，而且絕大多數時間都生活在對我們而言似乎全然黑暗的地方。魚類可以靠著嗅覺在水裡偵測荷爾蒙。牠們還有額外的第六感，也就是所謂的側線，一種細細的眼瞼，從魚腮延伸到魚尾，可以感受震動、聲音和突如其來的騷亂。貝類一共有四萬五千種，每一種都是其他貝類的食物，每一種也都是掠食者。相對於這個另類世界的永恆不變與循環不已的複雜性，年齡只是某種微不足道的謙卑東西。

這裡的人跟我很熟，我母親大聲說著，語氣裡沒有一絲謙遜。

她不相信謙遜這回事。在她看來，謙遜是一種偽裝，一種分散注意力的戰術，好讓人們可以偷偷瞄準其他東西。也許她是對的。

這會兒，她正俯身看著一籃圓趾蟹。牠們的暗沉甲殼宛如棕色天鵝絨，上面覆滿了觸感輕軟的柔毛，與銳利的雙螯恰成對比，腳上的藍色污漬像是剛剛才打油裡側身走過。

這是所有螃蟹的上選，她對我說。這裡人管牠們叫*naralheira felpuda*。*Felpuda*就是「毛茸茸」的意思。

她挺直背脊，用一種我從未看過的神情盯著我的眼睛。

自從我死後，我學了很多東西。你待在這裡的這段時間，應該好好利用我。你在死者身上可以查閱到的東西，就像字典一樣多。

她的表情是一種快樂的傲慢，因為她很確定，如今她已遙遙領先。

我們走在寶塔裡的一條通道上，穿過鰈魚、鮪魚、海魴、鯖魚、沙丁、鯷魚、軍刀魚。

軍刀魚，她仰望著遙遠的天花板，短短的小鼻子高高翹著，一臉驕傲地說，軍刀魚只有在滿月的夜晚才會從黝深的海底浮上水面。

所有的魚販都是女人。這些女人有著厚實的肩膀，發達的前臂，穿著橡膠長靴，搬運宛如熱鐵的冰塊，但她們緊繫的頭巾與眼裡淡淡的嘲弄神情，都非常女性化。她們對待自家攤上的魚隻，就像是對待關係冷淡、有點小煩躁的家族成員。煩躁是因為牠們不像從前那樣靈活了！

母親拿起一尾冠甜蝦，聞了聞。正在給一條魚剖取內臟的魚販衝著她笑。

給我半品脫，她說。跟安德麗雅絲打個招呼，她叫安德麗雅絲，她老公人在古巴，有個女兒，是空姐。

安德麗雅絲抓起她正在剖取內臟的魚，輕輕用刀尖比著已經清空的胃腔頂端，一個像是魚白的東西緊偎在那裡。閃閃發亮，雪白透著粉紅，曲線優美——宛如即將綻放的毛地黃。

那是牙鱈，母親說。

刀尖小心翼翼的移到胃腔下方，碰到一個橘色的粒狀囊袋，和杏桃乾同樣顏色，同樣大小。那是雌魚的魚卵。

雌雄同體！安德麗雅絲笑嘻嘻地宣布，接著又說了一次：雌雄同體！好像不想讓我們從驚訝中恢復過來。雌雄同體！

我付了蝦子的錢，繼續沿著通道往下走。我們一邊吃著蝦子，一邊把蝦頭蝦尾扔地上。

我們拐進另一條通道，經過一家攤子，上面陳列的十幾條魚，是我這輩子見過顏色最鮮紅的魚了。緋紅帶火的顏色，即便是熱帶地區的花卉也開不出這樣的紅。

大西洋紅魚，母親輕聲說著。牠們的交配習慣也很奇怪。首先，牠們要到十歲才發育成熟，就魚類而言算是非常晚的。其次，雄魚比雌魚早熟兩個月。還有，牠們會進行性交，和動物一樣，把精子送進雌魚體內。接著，雌魚把精子保存在體內長達四個月，直到她的所有卵子做好準備，三萬、五萬、十萬個卵子。然後，她讓精子與卵子受精。沒多久，受精卵就在她體內孵化成幼魚。交媾完九個月後，雌魚在大西洋中產下她的幼魚。

我總是把生活擺在書寫之前，我說。

別吹牛了。

真的。

然後默默地把生活忽略掉。

現在我根本不知道自己寫了些什麼。

別人會了解的。

我們停在鮭魚攤前。

老爸最愛吃鮭魚，對吧？

沒錯，她說，不過他死後比較愛吃劍旗魚。葡萄牙文叫*espadarte*！劍旗魚有根形狀如劍、又長又尖的上吻部，佔了身體全長的三分之一。他左右揮舞著那根劍，把他捕到的魚一一砍死，每隻都一劍斃命。那是劍旗魚沒錯吧？在海明威故事裡和海上老人摔角搏鬥的那隻？那本書讓我想起你父親還有第一次世界大戰的戰壕。有什麼關聯？你一定會問。我無法解釋每一件事。那個故事就是會讓我想起你父親還有那場戰爭。我說不出為什麼。

都與勇氣有關？

她點點頭。

我沒見過哪個男人像你父親那麼常流淚，也沒見過哪個男人有他一半的勇敢。

她再次點點頭。我挽著她的手。

最奇怪的，約翰，是劍旗魚的肉——千萬別跟銀軍刀魚搞混——這種龐然大魚的魚肉，經過浸泡烹調，竟然會變成這世上最柔軟、最美味、最白嫩的佳餚。入嘴即化，根本不用咬，嚐起來的口感就像舒芙蕾[27]。每一次，我煮完劍旗魚後，把魚肉盛進他的盤子，像一個吻。

27 舒芙蕾（soufflé）：蛋奶酥，用蛋、牛奶、麵粉與奶油為主材料做出來的鬆軟點心，入口即化。

他來這裡吃嗎？

當然不。不管他在哪裡，每當他想起我，他就會吃它。就像每次我想起他，我就會做這道菜。

我們是不是該去買一條劍旗魚，我問，還是我們要像現在這樣繼續想像下去？

你在說什麼啊？我告訴你，劍旗魚必須用檸檬汁和橄欖油浸泡！所以我們要買幾顆檸檬，還有一粒青椒、一粒黃椒和一粒紅椒。要先把彩椒切了放進鍋裡，把汁燒出來，然後把魚丟進去。魚要切片，大約三百公克，不要太薄，要從劍旗魚的肚子橫切下一塊肥美多汁的厚片。烹煮一下就可以，千萬別煮太老，最好蓋上鍋蓋悶一會兒。有人會搭配續隨子一起吃，我不喜歡。好，我去買魚，你去找檸檬和彩椒。

一連幾天，她都沒出現。我搭渡輪去了太加斯河彼岸的卡奇哈斯[28]。從那裡越過河水回望里斯本，每棟大型建築一眼就可認出，而每個地區，就像標示在街道圖上似的，立刻就能辨識出來並說出名字，後方的山脈似乎把整座城市推近海邊，幾

28 卡奇哈斯（Cacilhas）：位於太加斯河南岸的小村，有座巨大的船塢和小小的歷史中心，從古老而荒涼的碼頭上，可將太加斯河北岸的里斯本盡收眼底。

乎就挨著海的邊緣。然而最奇特的是，從這個距離看過去，里斯本給我的印象竟宛如褪去了所有衣衫，渾身赤裸！我不知道這印象是由於雲影的關係，還是來自麥稈之海的陽光折射，又或者，是因為我所進入的這塊地區，幾個世紀以來，水手和漁人就是在這裡再次發現他們魂縈夢牽的里斯本，在這裡最後一次回顧他們摯愛不渝的里斯本。

隔天，陣陣狂風夾帶大西洋暴雨的鬼哭神嚎襲擊里斯本。我正穿越祖國烈士廣場（Campo dos Mártires da Pátria），夾克兜帽拉到頭上。這雨像癲癇發作似的滂沱而來。1817年，祖國烈士們在這兒被處以絞刑，這座廣場的名稱就是這樣來的。當初行刑的絞架，就豎立在今天的圓環上。十二名烈士全是共濟會成員。下令處死他們的是貝雷斯佛（Marshal Beresford），因為在威靈頓（Wellington）的半島戰爭[29]之後，英國人成了這個國家的統治者。那十二個人被指控為共和分子，意圖陰謀叛變。當他們被蒙上眼睛時，他們為這座城市祈禱著。

奇怪的是，這座如今夾著圓環、電車、交通川流不息的廣場，竟然仍擠滿了祈禱者。想從祈禱者中間鑽出一條縫，就像想打牲畜市集的牛群中穿過一樣困難。烈士的祈禱者。祈禱者當然得拜訪市立殯儀館，就在廣場北端的法醫研究所（Institute

29 半島戰爭（Peninsular War, 1806-1814）：拿破崙戰爭中最重要的戰役之一。1806年拿破崙下令執行大陸政策，禁止歐陸各國與英國貿易，想藉此封鎖英國，但葡萄牙違抗命令繼續與英國貿易，於是拿破崙揮軍入侵伊比利半島，葡萄牙和西班牙的軍隊與民兵則在英國威靈頓公爵的指揮下，展開為期六年的慘烈戰事。西班牙畫家哥雅所繪的《戰爭的災難》，就是對這場戰爭的控訴。當時負責葡萄牙戰區的英國軍官即貝雷斯佛，戰爭結束後，貝雷斯佛也因之成為葡萄牙的實際統治者。

of Forensic Medicine）旁邊，而所有來這兒的祈禱者，也都是為了感激矗立在圓環中央的那尊雕像的主人：馬汀大夫（Dr José Thomas de Souza Martins）。

雕像四周立了許多石碑，看起來有點像墓碑。有些斜倚在雕像的基座上，其他則彼此撐靠著。它們並不是墓碑：上面刻寫的，全是祈禱者對這位醫生的感激，感激他治好了他們的肝硬化，或支氣管炎，或痔瘡，或陽萎，或結腸炎，或某個小孩的氣喘，或某個女人的壓力……有些是他活著的時候治好的，有些則在他死後。

幾名老婦人在廣場上販售他的照片。裱框的或沒裱框的。馬汀大夫看起來有點像我的艾加大伯——我父親的哥哥，一個從不停止學習的知識人，一個從不絕望的理想家，一個人人（包括我母親）眼中的失敗者，一個因為握筆寫了數百頁沒人看也從未出版的書因而讓右手中指長了粗繭的人。

這兩張臉的共通之處，是嘴巴部位罕見的放蕩鬆弛，那不是虛軟無力，而是一種渴求親吻甚於咀嚼的欲望。他倆還有著類似的前額，不是聰明絕頂的前額，而是無邊無際、鎮定人心的前額。如今，在馬汀大夫死後一百年，他被里斯本人奉為「天堂與人間的大夫」。而我的艾加大伯，則依然向我展示著沉默之愛的力量。

風夾著雨，海鷗低低掠過屋頂。這是個人人背向海的日子，除非他們的親友正在海上。

婦人們，蜷縮在圓環中央一頂頂的黑傘下，賣蠟燭。三種尺寸的蠟燭，三種價錢，雖然都沒標價。最長的一款三十公分，蠟色宛如羊皮紙。靠近醫生雕像的地方，一支支點著的蠟燭在兩張金屬桌上燃燒著。結滿舊熔蠟的桌面上，一根根突出的尖鐵等待著新燭插入，高高的金屬薄板立在後面切阻來風。我注視著火焰。它們閃爍，它們搖曳，它們像來自玩具龍嘴裡似的被吹向兩邊；但沒有任何一根火焰被大雨或強風壓垮。一名頭戴黑帽、有著吉普賽臉容的男人，貼近燭火站立，神情關切地檢視著。也許，當風轉向時，他會轉動燭桌或薄板來保護火焰，也許，他是從製燭店那兒以微薄的薪資討來這個壞天氣的工作。又或者，他只是單純站在那兒，和我一樣，被這些火焰的堅韌給迷戀住？

慢慢地，一個念頭緩緩成形，我想去買幾支蠟燭，自己點上。我知道它們是點給誰的。我想到三位朋友，此刻，基於不同的原因，他們都在海上。

我買了最長的蠟燭，它們可以點最久，然後，我走到其中一張燭桌前。我插上它們，一支接著一支，在最靠近的三根尖鐵上。插完之後，我才想起，我該先就著燭火點燃其中一支，這樣才能把另外兩支插好的蠟燭給點著。這下，想要在強風中用火柴點燃它們實在很難，更何況，我根本沒半支火柴。

就在我發現自己所犯的錯誤時，一名矮小的女人從後面遞給我一支點燃的蠟燭。我接下蠟燭，沒回頭看，肯定是她，不會有錯！然後，我站在那兒，被三條閃爍跳躍的新燃火焰給催眠了。

最後，當我終於轉過頭，我簡直不敢相信，雨傘下那名矮小的婦人竟然不是我母親。

我很抱歉，真是對不起，我不假思索地衝口而出，我以為妳是我母親！我用法文說著，每當我陷入混亂狀態時，我就會說法文。

我想，我應該年輕到足夠當你女兒吧，她輕輕回答，用帶有葡萄牙腔的法文。我把她的蠟燭還給她，蠟燭還燒著，我鞠了個躬。

一旦它們被點燃，她說，不論它們做了什麼好事，都與我們無關。

當然，我低聲說，當然。

你看起來有點困惑，她說。

妳的法文說得很好。

我曾在巴黎工作。清潔工。去年我滿五十五歲，我跟自己說，這是回去里斯本的好時間。我丈夫也和我一起回來。

雨停後，我能請妳喝杯咖啡嗎？

不行，插好蠟燭後，我就得回家了。

她有一雙藍眼睛，在一張堅強但沒有防衛的臉上。

這是給我丈夫的，我的親人。

他生病了？

不，他沒生病。他出了意外。從他工作的屋頂上摔下來。

傷得很重嗎？

她盯著我的胸膛，彷彿它是遙遠的麥稈之海。後來我知道，他死了。

你應該像我一樣帶把傘的，她說。接著又加了一句：我們的蠟燭都會繼續燃燒，做它們能做的，不需要我們。

我離開圓環，好不容易穿過繁忙的交通，找到一家咖啡館。我走進去，脫下兜帽夾克，到洗手間用毛巾擦乾臉，點了杯烈酒。店裡高朋滿座，許多人一身盛裝。我一邊啜著烈酒，一邊聆聽，有德文，還有英文。於是我做出結論，這些客人大概是來自附近的大使館。

看來，今天早上你去看了馬汀大夫。他是個好人！我們裡面有些人還常去找他看病。

我聽到她說話，但看不見她。只有我一個人坐在哪兒。

他們怎麼去找他看病，我是說，妳的朋友？

他看診的時間是他睡著的時候。

馬汀大夫一百年前就死了。

死人也可以睡覺吧，不行嗎？

他們有什麼病痛，妳那些去找他看病的朋友？

很多人患了希望症。在我們這裡，希望症就和人世間的憂鬱症一樣普遍。

妳把滿懷希望當成一種病？

這種病的末期症狀之一，就是想再次介入生命，對我們來說，這可是絕症呢！

有辦法治好嗎？

馬汀大夫開了一帖烈士魔咒藥方。

他好像很愛女人，我告訴她。

跟你講個故事，她說。有一天，一位有錢的女病患請他去她的豪宅出診。他為她做了檢查，然後請她的女僕替他從餐具室倒杯水來。他知道餐具室離這房間很遠。女僕離開之後，他便著手治療。然後女僕端水回來，他把水喝了。醫生，你下回什麼時候過來？女病患從臥榻上問。他想了一會兒，迅速跟病人眨了一下眼睛，說道：等我渴的時候，夫人。說完之後，馬汀大夫就離開了。

她笑了。一串水晶般的笑聲，彷彿咖啡館裡的每個人都在敲著玻璃杯。從其他人的表情看起來，沒半個人聽到這笑聲。

我看過葛丘・馬克斯[30]演他，她說。

我們兩人曾在戴維斯劇院看過《歌劇之夜》和《鴨羹》[31]。她的笑聲在電影院裡像裹了一層布似的，因為她不想讓別人注意到我們，我們的存在有那麼點非法的味道。說非法，一方面是我們沒告訴任何人我們要來這劇院，更直接的原因則是，我們沒付錢，是她偷偷把我倆弄進去的。問題就在一道沒鋪地毯的狹窄樓梯和各個安全出口。

我所有的書都是在講妳，我突然說。

少胡扯！也許你是寫了那些書，所以我得在那兒，跟你作

30 葛丘・馬克斯（Groucho Marx, 1890-1977）：美國著名的舞台劇和電影諧星「馬克斯兄弟」成員之一，註冊商標是畫上去的濃密鬍鬚和厚重的眼鏡，以及一根巨大的雪茄。

31《歌劇之夜》（*A Night at the Opera*）和《鴨羹》（*Duck Soup*）：兩者都是馬克斯兄弟主演的電影。

伴。而我的確是那樣。不過那些書和這世上的每件事情都有關，只除了我！我一直等到現在，等到你變成里斯本的老頭子了，這才終於等到你準備寫這個關於我的小故事。

書籍總是和語言有關，對我來說，語言和妳的聲音是不可分割的。

別在那裡耍小聰明。只要想想我，你就會學習到什麼叫忍耐。這是你只能從女人身上學到的東西，男人無法給你這個。

《南極的史考特》[32]？

想想史考特的太太。她叫凱特琳。「我很懊悔，」凱特琳說，「不為任何事，只為他的苦難。」

妳為什麼從不讀我寫的書？

我喜歡可以帶我進入另一種人生的書。我是為了這個原因才讀以前讀過的那些書的。我讀了很多。每一本都是關於真實人生，但與我翻開書籤、繼續閱讀時發生在我身上的人生無關。我一讀書，就忘了所有時間。女人總是對別種人生充滿好奇，男人因為野心太大而無法理解這點。別種人生，別種你以前活過的人生，或你曾經可以擁有的人生。我希望，你書裡所談的人生，是我只願想像而不願經歷的人生，我可以自己想像我的人生，不需要任何文字。所以，我沒讀它們是比較好的。

32《南極的史考特》（*Scott in the Antarctic*）：1948年由查爾斯・佛蘭德（Charles Frend）執導，約翰・米爾斯（John Mills）主演的電影，講述英國南極探險家史考特的故事。

我可以從書櫃的玻璃門上看見它們。對我而言，這就足夠了。

這些日子我冒險寫了些胡謅的東西。

你寫下某些東西，但你不會馬上知道它們是什麼。事情總是這樣的，她說。你只要記住，不論你是在撒謊或是在試著說出事實，對於其中的差別，你再也犯不起任何一點錯。

我十三歲那年，她因故必須拔掉她的所有牙齒。她坐在計程車裡給送回家。我站在臥室門口。她躺在床上，下巴突出，兩頰因為少了牙齒而整個凹陷。我知道我必須在兩件事情當中選擇一件，在那個當下，我也只能做那兩件事。一是尖叫，二是走過去躺在她身邊。於是，我在她身邊躺了下來。她實在太狡詐了，狡詐到沒有立刻表現出她的喜悅。我倆都得等。幾分鐘後，她從被單下伸出一隻手臂，用她冰冷的手握住我的手腕。她的眼睛始終閉著。大多數人，她說，都無法接受事實。事實真是糟透了，但它就擺在那裡，大多數人都無法接受。而你，約翰，我想你可以忍受事實，以後我們就會知道。時間會告訴我們。當時我沒回答。我就那樣躺在床上。

大多數時候，我都處於迷失狀態，我在擠滿大使館雇員的咖啡館裡告訴她。

就是這樣，你才看得清楚。

很少。

比我好！

她又笑了。層層滾落的笑聲，宛如潰堤而出的溪流。那笑聲像是在邀我跳舞，在廢墟上跳舞，於是我把椅子往後推，像舞廳裡的舞伴那樣伸出手臂，朝我以為她所在的位置跨了一步。大使館的員工全都抬起頭，目瞪口呆。我坐了下來。等大夥重新恢復談話後，我輕聲說：

下次我在哪兒見妳？

在水道橋上。「自由之水」水道橋[33]。

那橋很長，有十四公里吧，我想。

在它跨越阿坎塔拉峽谷（Alcântara velley）那裡。那裡的橋拱有六十幾公尺高。站在那上面，你幾乎可以看到美洲！我會在第十六個橋拱處等你。

從哪裡算起第十六個？

你說呢？當然是從「水之母」算起。禮拜二早上我們約在那裡見。

33 自由之水（Águas Livres）水道橋：昔日里斯本最主要的自來水供應來源。興建於1731-1748年，共有三十五座橋拱，最高的一座可達六十六公尺高，除了明顯可見的水道橋外，整個水管系統長達五十六公里，1853年才正式開放對大眾供水。

不能提前嗎？

你知道一星期七天裡面，每個人都有一個幸運日。

我的是哪一天？

禮拜二。你很可能會在禮拜二去世。

那妳的呢？

禮拜五。你沒注意到嗎？我還以為你早就注意到了。

妳常常不在啊。

比你以為的更常，常多了。我總是不在那裡，那就是你想要的。我永遠不在那裡。

禮拜五妳好像真的比較開心，我說。

這不是開不開心的問題，是因為我知道自己那天受到比較多保護，因此可以更自由。

妳何時發現禮拜五是妳的幸運日？

十歲的時候；我發現禮拜五我總是可以飆出完美的高音。從沒失誤。

那現在禮拜五還是妳的幸運日嗎？

不，現在我的幸運日是禮拜二，因為我在這裡是為了你。

她又笑了。未卜先知的笑。好像她已看到我們兩個正在走近一個大玩笑。

里斯本是座忍耐之城，一堆無法回答的問題和暱稱。「自由之水」水道橋落成於1748年。七年之後，它逃過毀滅市中心的那場大地震，毫髮無傷。難道是軍隊工程師在規劃水道橋路線時，曾試圖避開那些斷層線？若非如此，它的倖免於難可真是一大謎團。後來，陸陸續續又增建了許多附屬水道橋，以便提高「自由之水」的供應量。不過事實上，正如同懷疑論者一開始警告過的，「自由之水」的水量從來不足以供應全城。

十九世紀時，這條水道橋的名字是*Passeio dos Arcos*，「橋拱之路」，因為住在西邊村落裡的居民，就是把它當成捷徑，從那走進城裡去兜售物品或販賣勞力。有了這條水道橋後，他們就不必大費周章地先下到阿坎塔拉峽谷，越過河水再爬上來；他們只要走個一公里跨過天際即可。據說就是因為這樣，他們還給橫跨阿坎塔拉峽谷的三十一座橋拱一一取了暱稱，像是莉亞（Lia）、阿蒂拉（Adila）、卡蘿琳娜（Carolina）、珊德拉（Sandra）、伊拉塞娜（Iracena）等等。而位於正中央、直到今日依然是全世界高度第一的石造大尖拱，他們給它取名為瑪伊拉（Maira）。

繼古羅馬人之後，這是現代第一個提議利用水道橋將水引進城裡的計畫，政府當局的動機並非出於衛生考量或顧念老百姓長期缺乏飲水之苦，而是基於對火災的恐懼。每一年，大火不斷在這座城市裡吞噬掉一區又一區的財產。

水道橋興建完成之時，彭巴侯爵和那些銀行家們全都接了私人導水管從水道橋上引下水源。然而與此同時，住在非水源處的窮人們，仍只能仰仗公共水泉的恩澤，但這類水泉只要一逢上旱季，立刻就會乾枯告竭。要不，他們就只能以負擔不起的價格從賣水人那裡買水喝。這就是為什麼這座水道橋後來會改稱「自由之水」的原因。

你總是什麼都想要嗎？她的聲音打斷了我的思緒。

我想起她給甜菜根削皮、切片的模樣，握著甜菜的手，又短又硬的刀子，浸染汁液的手指，還有那些深紅帶紫的閃亮薄片，它們強烈飽滿的色彩與她日復一日、每分每秒的堅持不懈，有種莫名的相稱與貼合。

當我開始詢問怎樣才能登上水道橋時，我立刻了解她為何要故弄玄虛地把約會訂在下週二。這件事確實得費點時間。水道橋的所有入口都上了鎖，得向水公司提出正式申請才有辦法上去。就算有充分的理由可以提出申請，某些行政程序上的拖延也是免不了的。我決定跟他們說，我正在寫一本有關里斯本的書。

你對這城市很熟嗎？水公司的公關小姐問我。她看起來很煩，好像有很多考卷得改，雖然她顯然不是老師。這讓我想到，我應該買幾個「來自天堂的培根」給她。這樣她就可以一邊打電腦，一邊心不在焉地吃著。

不，我回答，我很喜歡這城市，但我對它不是很了解。正因如此，我需要妳的幫助。

你也許知道，「自由之水」一直供應里斯本的用水直到幾年之前。現在它不再供水了，但我們依然讓它維持運作，以示——嗯，他們是怎麼說來著——對了，以示尊重？你可以禮拜一早上和費南多一起上去。他是水管的維修檢查員。早上八點半，在辦公室這裡，禮拜一！

請問，可以禮拜二嗎？

可以啊，但我以為你很趕？

我想禮拜二比較方便。

OK，那就禮拜二來吧。

費南多是個六十五歲左右的男人，快退休了。他在「自由之水公司」服務了一輩子。他始終維持雙眼緊瞇，腰桿挺直的模樣，並有種習於獨處、遠離人群的氣質——像是牧羊人或尖塔修建工。他領著我飛快穿過氣勢宏偉、宛如神殿般的蓄水庫，那裡總計可容納五千立方公尺的水量。他顯然不喜歡這座神殿——這神殿是為太多人興建的，有太多演講曾在這裡侃侃陳述。

他的熱情全傾注在來自源頭的那條水流，傾注在那段漫長、孤獨、不合乎自然又幾乎不可置信的旅程之上。一段歷經潛流地底，匍匐路面，到飛躍天際的旅程。水流上到那裡之後，要讓它們在導管中保持冰涼狀態，然後經過徹底的混合、沉澱和澄清，同時給予正確數量的光線，以免水分飽和膨脹。就在我們踏上從水庫爬往水道橋階梯的那一刻，他隨即放慢了步伐。

水道橋的頂端只有五公尺寬，由看似永無止境的石頭隧道構成，隧道兩邊各有一條開放、筆直的通道，旁邊築有護牆，以免人員不小心掉下去。費南多把水道橋裡的流水當成某種有生命的東西，需要保護、餵食、清洗、照顧——幾乎就像動物園裡的動物。比方說，水獺。每週一次，他會走上十四公里去到它的源頭，確定一切都沒問題。我想他一定覺得，隧道裡的水流就像水獺一樣，可以認出他的腳步聲。他很擔心自己就要退休了。

這回，我們必須沿著通道在阿坎塔拉峽谷上空走上一段距離。他在護牆上比了個手勢，表示他一想到自己還得忍受下面那些密密麻麻的人群、牛隻和嘮叨囉唆，他就很恨。糟的是，他的身體偏偏還這麼硬朗！他問我幾歲了。我告訴他。所以你能理解！他說。*Você entende*！我懂。

接著，他想帶我參觀他的隧道。他向我解釋，那兩條輸送水流的半圓形渠道是如何從玄武岩上一塊一塊徒手開鑿下來，那些石塊又是如何一一榫接，還有石塊和石塊間的縫隙要用油灰填合，油灰是用生石灰、粉狀石灰岩加上初榨橄欖油混製而成，凝結後的油灰可比玄武岩還要堅硬。費南多已經被訓練成一名優秀的石匠。

我不能讓他同行，因為我有約會。我和母親碰面時，我可不希望他在旁邊。換做其他時候，一旁有人並不會困擾我。也許是因為地點的關係吧，因為這裡遠離地面。也或許是因為，這是有史以來頭一回，母親事先和我約好了時間。

我告訴他我想畫一下這裡的風景，但畫畫時我需要安靜。他點點頭，然後打開進入隧道的門，他說他會讓門開著，等我畫好，可以進去找他。

當他踏出陽光，步入拱頂的幽暗世界，他的臉龐隨即放鬆，眼睛也睜開了。隧道內部既矮且窄。伸開雙臂輕易就可碰到兩端的牆面。位於兩邊的半圓形導管，約莫有兩個掌寬的直徑。裡面的水不到半滿，水流平靜而持續。經過幾公里的旅程之後，水流已經習慣了坡度的存在。

從中央望去，在兩條導管上方，一條石板步道筆直延伸至視線的盡頭。步道同樣很窄。無法容納兩人並肩交錯。費南多打開他的探照燈，開始往前走。

過了一會兒，當我斜倚在他剛剛打開的大門對面的護牆上時，我想我聽到他在說話。他說著一些簡短的句子，像在做註解似的。但裡面沒人和他一起。

在水道橋的筆直慫恿下，我踏上戶外步道，開始快速往下走。從某方面來說，薇艾拉・達希瓦[34]的畫作都是關於里斯本，以及里斯本的天空和橫越天空的通道。當我抵達峽谷另一端，我回過頭，數著橋拱的數目，直到第十六座，那裡離費南多打開的大門並不遠。

通道下方，是幾條尚未完成的街路，以及幾棟住了人但還在興建的房子。一個窮郊區而非貧民窟。我看見一輛缺了輪子

34 薇艾拉・達希瓦（Vieira da Silva, 1908-1992）：葡萄牙女畫家，出生於里斯本，青少年起跟隨許多當代大師學習繪畫和雕刻，1930年在巴黎展出畫作，並與匈牙利畫家西塞尼斯（Árpád Szenes）結婚，之後大多時間居住在法國，是戰後抽象主義畫家中相當重要的一位，以其緊密複雜、如迷宮的構圖聞名。1994年西塞尼斯暨薇艾拉・達希瓦基金會在里斯本開幕，展出這兩位畫家的遺世作品。

的轎車，一個餐桌椅大小的陽台，一名小孩用一根綁在樹上的繩索盪啊盪，紅色磁磚塗上了水泥以免被大西洋的強風颳走，一扇沒有窗框的窗子外掛著兩床被褥，一隻被鍊住的小狗在陽光下狂吠。

看見了嗎？她突然出聲。每樣東西都是破的，都有些小缺損，像是給工廠淘汰的瑕疵品，以半價便宜出售。並不真的壞了，就只是不合格。每樣東西——那些山脈，那片麥稈之海，那個在下面盪啊盪的小男孩，那輛車，那座城堡，每樣東西都是瑕疵品，而且打從一開始就是有缺陷的。

她正坐在通道上一只攜帶式的小凳上，離我只有幾公尺。那是一只三隻腳的摺疊小凳，非常輕便；她習慣隨身攜帶，這樣就可以在公共場合隨時坐下。她戴了一頂鐘形帽。

每樣東西一開始都是酸的，她說，然後慢慢變甜，接著轉為苦澀。

老爸喜歡他的劍旗魚嗎？我問。

我是在談論人生，而不是瑣事。

雖然她嘴裡這樣說，但臉上掛著笑，甚至連肩膀也在笑。我記得這笑容，很像1935年左右她穿著游泳衣站在沙灘上的笑容，因為當她穿上游泳衣時，她覺得自己不需要工作。

打從一開始就出了錯，她繼續說道。每樣東西都是從死亡開始。

我不懂。

有一天，等你來到我這位置之後，你就會懂了。創造始於死亡。

兩隻白蝴蝶在她帽上轉圈圈。牠們或許是跟著她一塊兒上來的，因為在這個高度的水道橋上，根本沒什麼可吸引蝴蝶的東西。

起始當然是一種誕生，大家不是都這樣認為嗎？我問道。

那是一種常見的錯誤，你果然如我所料，掉進陷阱裡了！

所以，妳說，每樣東西都是從死亡開始！

完全正確！先死後生。之所以會有誕生，是為了要給那些打從一開始就壞了的東西，在死亡之後，有個重新修復的機會。這就是我們為何出生在這世上的原因，約翰。我們是來修理的。

但是，妳不算真的在這世上吧，妳算嗎？

你怎麼會這麼笨！我們——我們這些死去的人——我們都在這世上。就跟你和那些活人一樣，都在這世上。你和我們，我們都在這世上，為了修理一些已經破損的東西。這就是我們為何產生的原因。

產生？

變成這樣。

妳說的好像沒人能選擇任何事一樣！

你可以選擇你想要的。你只是無法希望每件事情都如意。

她依然笑容滿面。

當然。

希望是一支超級放大鏡——就是因為這樣它才無法看遠。

妳為什麼一直笑？

讓我們只把希望擺在那些有機會實現的東西上！讓幾樣東西修好吧！只要有一兩樣就可以造就一大堆。只要把一樣東西修好，就可以改變其他一千種東西。

怎麼說？

下面那隻狗的鏈子太短了。改變它，把鍊子加長。這樣，牠就可以走到陰影處，牠就會躺下來，不再狂吠。然後這寂靜無聲的環境，會讓母親想買隻金絲雀養在廚房的籠子裡。在金絲雀的歌聲中，母親把衣服燙得更平整。父親穿著剛熨好的襯衫去上班，他的肩膀就不會那麼痠痛。於是下班回家後，他就會和從前一樣，有時間和青春期的女兒開玩笑。而女兒將因此回心轉意，決定找天晚上把她的情人帶回家。然後另一個晚上，父親將提議和那個年輕男孩一起去釣魚……誰會知道呢？這一切不過就是把鍊子加長而已。

那隻狗還在叫。

有些事情想要修好，除了革命之外別無他法，我說道。

那是你的主張，約翰。

那不是我的主張的問題，那是環境的問題。

我寧可相信那是你的主張。

為什麼？

那樣比較不像推託之辭。環境！什麼事情都可以躲在這兩個字背後。我相信修復，還有另一樣我現在要告訴你的東西。

那是什麼？

無可逃避的欲望。欲望永遠無法阻止。

說到這裡，她從摺疊小凳上站起身來，斜倚著護牆。

欲望是阻擋不住的。我們當中有個人曾向我解釋緣由。但在那之前，我就知道答案了。想想無底洞，想想空無一物。完完全全的空無一物。即便在絕對的空無中，仍然有一種籲求存在——你要加入我嗎？「空無一物」籲求著「某事某物」。總是這樣。然而那裡終究仍只有籲求；毫無掩飾嘶啞哭喊的籲求。一種錐心的渴望。於是，我們陷入了一個永恆難解的謎：如何從空無一物中創造出某事某物。

她朝我走近一步。用她那游泳衣的笑容輕聲低語，咖啡色的雙眸凝定在遠方的某一點上。

這創造出來的某事某物，沒法支撐其他任何東西，它只是一種欲望。它不擁有任何東西，也沒任何東西能給它什麼，這世上沒有它的位置！但它確實存在！它存在。他是個鞋匠，我想，那個告訴我這一切的人。

聽起來像是伯麥[35]。

別再掉書袋了！

她大笑，用她十七歲的傲慢笑聲。

別再掉書袋了！她又咯咯笑地說了一遍。從這裡，你可以殺死任何掉書袋的人！

我們凝視著下面的紅色瓷磚，以及窗戶上的兩床被褥。小狗不吠了。然後，她的笑聲終止，我握住她冰冷的手。

放手寫吧，把你發現的東西寫下來，她說。

我永遠也不知道我發現了什麼。

是啊，你永遠不會知道。

書寫需要勇氣，我說。

35 伯麥（Jacob Boehme, 1575-1624）：德國基督教神祕主義者，出生於東德地區一個未受教育的農民家庭，以遊方鞋匠為業，四處行旅的經驗讓他對空洞的教義和許多表裡不一的現象產生不滿與困惑，1600年起的幾次靈視經驗，讓他悟解出一套關於罪、惡、救贖的神祕思想，認為人類在離開上帝之後，必然得經歷一段變異、欲望和衝突的過程，然後重新取得善與惡的知識，以達到比原初的天真狀態更完滿的救贖和諧。

勇氣會來的。寫下你發現的東西，讓世人注意到我們，拜託了。

妳要走了！

所以，拜託了，約翰。

接著，她邁開腳步，將摺疊小凳遞給我，朝費南多沒上鎖的大門走去。她用力拉開大門，像每天早上做了一輩子的動作一樣，跨上導管頂端，步入那條狹窄的石板步道。

裡頭空氣冷冽，彷彿我們是在地底而非天際。光線也不相同。門外，陽光閃亮而透明，滲入隧道之後，轉變成金黃。每隔五十公尺，拱頂天花板便向外開出一座小塔，有如石造的燈籠天窗，將光線引透進來。而每一座天窗，像接力似的，不斷向遠方退去，灑落的日光宛如一道金色簾幕，越來越小，越來越小，越來越小。裡頭的聲響也變了。在無邊的寂靜中，我們聽見水流的舔啜聲順著兩條半圓形石渠一路通往「水之母」——就像貓舌舔水一樣，聲聲分明。

我不知道我們站在那裡彼此對望了多久——也許有整整十五年，從她死後。

終於，她轉過頭，咬著下唇，開始走。她走了，拜託了，約翰！她又說了一次，沒有回頭。

她從第一座石造天窗，邁入一重接一重的連續光瀑。在她兩側，水流閃映著宛如漂燭般忽上忽下的耀眼星點。她走進了金黃光束，光束似簾幕般將她藏起，我再也看不見她，直到她重新出現在遠方的光瀑之下。她越走越遠，越遠越小。越走越不費力，越遠越顯輕盈。她消失在下一道金色簾幕的包覆之中，當她再次出現，我幾乎看不清她的身影。

我屈下身，將手放進水中，追曳著隨她而去的涓涓流波。

2
日內瓦
Genève

波赫士有張照片，約莫拍於1980年代初，在他離開布宜諾斯艾利斯來到日內瓦並死於日內瓦的一兩年前，他說日內瓦這座城市，是他的「故鄉」之一[1]。在這張照片中，你可以看到他已近乎全盲，你可以感受到盲目如何是一座監獄——他經常在其詩作中提到的那種監獄[2]。照片中的他的臉，同時也是一張居住著許多其他生命的臉。一張滿是友伴的臉；許許多多的男男女女帶著他們的愛憎情仇透過他那幾乎不具視力的雙眼訴說著。一張欲望無盡的臉。一張會在千百年後讓詩人們索引為「匿名」的臉。

1　波赫士（Jorge Luis Borges）在《密謀》（*Los conjurados*, 1985）一書的序文中寫道：「這篇序文口授於我的故鄉之一日內瓦。」關於日內瓦，波赫士曾在《圖片冊》（*Altas*, 1984）一書中表示：「在世上所有的城市中，在一個浪跡天涯的人一直尋找而有幸遇到的各個親切的地方中，日內瓦是我認為最適合於幸福的城市……日內瓦和別的城市不同，它不強調自己的特色。巴黎始終意識到自己是巴黎，自尊的倫敦知道自己是倫敦，日內瓦卻幾乎不知道自己是日內瓦。喀爾文、盧梭、阿米耶爾、侯德勒的巨大影子籠罩在這裡，但是誰都不向遊客嘮叨……我知道我總要回日內瓦的，也許是在肉體死亡以後。」參見《波赫士全集》III（台北：商務出版），頁615。

日內瓦是座複雜矛盾、難解如謎的城市，像個活生生的人。我可以幫她填寫身分證。國籍：中立。性別：女。年齡：（判斷受到干擾）看起來比實際小。婚姻狀況：分居。職業：觀察者。生理特徵：因為近視而略有駝背。整體概述：性感而神祕。

在歐洲的其他城市中，有著同樣教人屏息之自然條件的，只有托雷多[3]（這兩座城市有著截然不同的本質）。然而想起托雷多，我腦中立刻會浮現葛雷柯[4]畫筆下的這座城市；可是從來沒有哪個人為日內瓦畫出這樣的畫，她的唯一象徵，是從湖裡向上噴出、像個玩具似的水龍捲，她把這水龍捲當成鹵素燈，關關開開。

在日內瓦的天空中，雲的來處取決於風，寒風與焚風是最惡名昭彰的兩股。日內瓦的雲伴著風來自義大利、奧地利、法國，或來自北邊的德國萊因河谷、荷比低地和波羅的海。有時，它們甚至是從北非和波蘭遠道而來。日內瓦是個聚合之地，而她深知這點。

幾百年來，行經日內瓦的旅行者們，把他們的信件、指南、地圖、名單、訊息留在這裡，由日內瓦轉交給其他晚到的旅行者。她帶著好奇與驕傲的混雜心情一一遍讀。那些過於不

2 三十九歲那年（1938），波赫士因一嚴重事故，眼睛開始逐漸失明，之後在母親與友人的協助下從事文學活動。在《深沉的玫瑰》（*La rosa profunda*, 1975）的序言中，波赫士說：「失明是封閉狀態，但也是解放，是有利於創作的孤寂，是鑰匙和代數學。」

3 托雷多（Toledo）：西班牙中部古城，位於山巔之上，三面由太加斯河環繞，曾是西班牙帝國首都，同時並存著精采的基督教、猶太教和摩爾文化。

4 葛雷柯（El Greco, 1541-1614）：本名Doménicos Theotokópoulos，出生於希臘克里特島，El Greco是「希臘人」的意思，原是西班牙人對他這位「外人」的稱呼，後來

幸而無法出生在我們城鎮的人，她總結道，顯然只能活在他們的每一分熱情當中，而熱情是一種令人盲目的不幸。她把郵政總局設計得有如大教堂一般宏偉。

二十世紀初，日內瓦是歐洲革命家和密謀者的定期聚會點——就像今日，她是世界經濟新秩序的碰面處一樣。她還是國際紅十字會、聯合國、國際勞工局、世界衛生組織和基督教普世教會協會的永久會址。這裡有百分之四十的人口是外國人。有兩萬五千人在沒有身分證件的情況下於此生活、工作。單是聯合國的日內瓦分部，便雇用了二十四名全職人員負責把檔案與信件從這個部門拿到另一個部門。

對那些革命密謀者、那些憂慮不安的國際協商員，以及今日的財經黑手黨人，日內瓦不斷供應他們安寧平靜，供應她那嚐起來像化石海貝的白酒，她的湖上之旅、雪景、漂亮的洋梨、映在水面的落日、至少一年一度的枝頭白霜、全世界最安全的電梯、來自她湖中的北極鮮魚、牛奶巧克力，以及一種源源不斷、低調樸素而且充滿教養到變成一種情色挑逗的舒適。

1914年那個夏天，波赫士十五歲，他的家庭在離開阿根廷客居日內瓦期間，發現自己被剛剛爆發的戰爭困在這座城市。波赫士進了喀爾文學院[5]。他妹妹就讀藝術學校。他們在斐迪

反倒成為傳世之名。葛雷柯在故鄉便接受繪畫訓練，深受後期拜占庭風格的神祕主義影響。1570年前往威尼斯受教於提香門下，1577年移居西班牙托雷多，並一直居住到去世為止，他最著名的畫作大多是在托雷多完成的，並和這座城市形成密不可分的關係。

5 喀爾文學院（Collége Calvin）：原名日內瓦學院，是日內瓦最古老的中等學校，1559年由宗教改革家喀爾文創立。喀爾文是出生於法國的新教神學家，也是十六世紀宗教改革的重要領導人之一，1541-1564年間在日內瓦建立了一個清教主義的神權政府。

南・侯德勒街（Ferdinand-Hodler）有間公寓，很可能，波赫士就是在行走於侯德勒街與喀爾文學院的路上，寫出他的第一批詩作。

日內瓦人經常對他們的城市感到厭倦，深情款款的厭倦——他們並不夢想掙脫她的束縛，離開她去尋找更好的居所，相反的，他們以縱橫不絕的四處行旅來尋找刺激。他們是冒險犯難、堅韌不拔的旅行者。這城市充滿了旅行者的傳奇，在晚餐桌上樂道傳誦，她以慣常的一絲不苟安排裝飾著這些桌子，如同過往般沒犯下丁點錯誤，每道菜餚總是準時備好，伴著一抹模稜兩可的笑容端呈上來。

雖然她是喀爾文的直系血親，但無論她聽到什麼、看到什麼，都無法教她震驚。也沒有任何東西能引誘她、打動她，或者該說，沒有任何東西可以明顯的引誘她、打動她。她把她的私密熱情（她當然有）嚴嚴實實地隱藏著，只有少數人可以窺見領會。

在日內瓦南邊，貼近隆河（Rhône）流出湖泊之處，有幾條狹窄筆直的短街，林立著一棟棟四層樓的建築，這些房子蓋於十九世紀，最初是做為住宅公寓。其中有些在日後轉變成辦公室，有些至今仍是居家公寓。

這些短街像一座巨大圖書館裡貫穿於書架間的一條條廊道。從街上看去，每一列閉鎖的窗都是連接另一排書架的玻璃門。而一扇扇塗了亮漆的木頭前門，則是圖書館的索引櫃抽屜。在它們的壁牆背後，每件事都等待著人們閱讀。我把這些短街稱為她的檔案街。

它們與這城市的官方檔案無關，那些委員會報告、備忘錄、正式決議、數百萬會議的紀錄、無名研究員的種種發現、激烈的公開訴求、紙張邊緣還帶著愛語塗鴉的演講初稿、準確到必須給埋掉的預言、對於口譯員的抱怨，以及綿延不絕的年度預算——所有這些全都儲藏在國際組織辦公室的其他地方。在檔案街的書架上等待人們閱讀的，淨是些個人私密、沒有前例且無關緊要的東西。

檔案室不同於圖書館。圖書館是由裝訂成冊的書籍所構成，這些書籍的每一頁，都經過反覆的閱讀與校定。至於檔案，則往往是最初被拋棄或擺在一邊的紙頁。日內瓦的熱情，就是去挖掘、編目和檢視這些被擺在一邊的東西。難怪她會近視。難怪她會把自己武裝起來以對抗憐憫，即使在睡夢之中。

比方說，該怎樣給一張從桌曆上撕下、涵蓋了1935年9月22日星期天到10月5日星期六這兩個禮拜的紙片編目呢？在介於兩個星期欄目之間、留給人們註記的小小空間裡，寫著十一個字。字跡歪斜、潦草、未經思索。也許是個女人。那幾個字，翻成英文是：all night, all night and what is it on a postcard（整夜，整夜，明信片上是什麼）。

日內瓦的熱情帶給她什麼？這熱情滿足她永不滿足的好奇心。這好奇心與探人隱私或八卦是非無關——或只有一點點。她既非門房也非法官。日內瓦是個觀察者，單純地著迷於人類的各種處境與慰藉。

無論面對何種情境，面對怎樣的不可思議與無法想像，她都能低聲說出「我知道」，然後溫柔地加上一句：在這兒坐一下，我去看看能給你拿點什麼過來。

猜想不出她會從哪個地方拿來她將拿來的東西，書架、藥箱、地窖、衣櫥，或她床頭櫃的抽屜。而奇怪的是，正是她將從哪裡拿來她將拿來的東西這個問題，讓她顯得性感無比。

波赫士十七歲那年，他在日內瓦的一次經驗，深深影響了他。他一直到很後來，才和一兩位朋友談過這件事。那年，他父親決定，這是他兒子失去童真的最好時機。於是，他幫他安排了一名妓女。一張位於二樓的床。一個晚春的午後。就在他家附近。也許是灶爐鎮廣場（Place du Bourg-de-Four），也許是迪佛將軍路（Rue de Général-Dufour）。波赫士可能把這兩個名字搞混了。但我會選擇迪佛將軍路，因為那是一條檔案街。

十七歲的波赫士，與那名妓女面對面，害臊、羞愧，以及懷疑父親也是這女人恩客的念頭，癱瘓了他。在他的一生中，他的身體總令他憂傷苦惱。他只在詩作中褪去衣衫，而詩作，同時也是他的衣衫。

在迪佛將軍路的那個午後，女人注意到這名年輕男子的憂傷苦惱，她隨手拿了件罩衫往雪白的雙肩上一披，略略駝背地，走向門邊。

在那兒坐一下，她溫柔地說道。我去看看能給你拿點什麼過來。

她給他拿來的，正是她在其中一只檔案櫃裡發現的某樣東西。

許多年後，波赫士當上布宜諾斯艾利斯國家圖書館的館長，他的想像力變成永不疲倦的收集者，孜孜不停地收集著被擱在一旁的物件、被撕碎的內情筆記，以及誤植錯置的破碎文字。他最偉大的詩作，正是這類收集的品項目錄：某個男子對一名三十年前離開他的女子的記憶，一只鑰匙環，一副紙牌，一朵枯萎的紫羅蘭壓在書頁之間，一張吸墨紙上的反寫信件，被其他書冊掩藏遮阻的倒傾書籍，一名男孩的萬花筒中的對稱玫瑰，當光線在狹窄廊道中熄滅時的泰納（Turner）色彩，指甲，地圖集，尾端逐漸灰白的八字鬍，阿哥斯的槳[6]……

在那兒坐一下，我去看看能給你拿點什麼過來。

去年夏天，當布希和他的軍隊加上石油公司和它們的顧問團正在摧毀伊拉克的同時，我和女兒凱雅在日內瓦碰了面。我告訴凱雅我在里斯本遇見了我母親。母親在世時，和凱雅之間有一種莫逆知心的情感，她們深刻地分享著某種東西，某種無須討論便可心領神會的默契。她們兩人都認為，想要在別人指定的地方尋找生命的意義，只是一種徒勞。唯有在祕密當中，才能挖掘到意義。

聽完發生在里斯本的故事後，凱雅提議道：奶奶拜託你的事，可以從波赫士開始！為什麼不呢？你引用他，我們討論他，我們還常說要去拜訪他的墓園，你都還沒去過呢，我們一起去吧！

她在日內瓦大劇院（Grand Théâtres）工作，我騎車到那裡

6 阿哥斯（Argus）的槳：在希臘神話中，阿哥斯是聰明絕頂的雅典建築師，他在雅典娜的指導下，利用在海水中不會腐爛的木頭打造了一艘總計有五十支槳的大船阿哥斯號，希臘眾英雄便是搭乘這艘船隻前去尋找金羊毛。

接她。我才剛把引擎熄了，雙腳放下，立刻就被熱氣窒息。我脫下手套。街上幾乎沒人。在這盛夏時節，市中心的每個人全走了。少數幾名行人，差不多都上了年紀，全踩著夢遊者的緩慢步調。他們寧可待在外頭，也不願留在公寓裡，因為獨自面對這樣的懊熱，會讓人更加窒息。他們漫步，他們靜坐，他們給自己搧風，他們舔著冰淇或啃著杏桃（這年夏天的杏桃，是近十年來最好的）。

我脫下安全帽，把手套塞進去。

基於某種特殊原因，即便是在盛夏最酷熱的時節，摩托車騎士依然會戴上輕質皮手套。名義上，手套是為了滑倒時可以提供保護，並把雙手和握把上的濕黏橡膠隔離開來。然而更私密的原因是，手套可讓雙手免受酷寒的氣流吹刮，雖然暑熱讓這股氣流變得宜人多了，但還是會讓觸覺遲鈍。摩托車騎士戴上夏季手套，是為了享受精準的樂趣。

我走到舞台後門，說要找凱雅。接待人員正在喝罐裝冰紅茶（桃子口味）。劇院閉館一個月，此時只留下最基本的工作人員。

在那兒坐一下，接待人員溫柔地說著，我去看看能不能找到她。

凱雅的工作是撰寫節目預告，向各級學生解釋歌劇和芭蕾——包括喀爾文學院的學生。她從辦公室跑下樓時，身上穿著煤灰黑和白色的印花夏裝。如果波赫士站在這裡，將只能看到模糊晃動的一片灰影。

我沒讓你等太久吧？

從來沒有。

你想去參觀舞台嗎？我們可以爬到最頂層，很高喔，然後俯瞰整個空蕩蕩的劇院。

有件事是關於空蕩蕩的劇院……

沒錯，它們是滿的！

我們從一道像是戶外逃生梯的金屬階梯開始爬。在我們上面，有兩三名舞台工作人員正在控制燈光機器。她向他們揮了手。

他們請我上去，她說，我跟他們說，我會帶你一起去。

他們也跟她揮手，笑著。

稍後，等我們爬到他們那層時，其中一人對凱雅說：嗯，看來妳已經有個爬高的好嚮導囉。

而我在心裡想著，這輩子我到底參與過幾次這樣的儀式，這種男人向女人展示工作上的某種特殊小危險的儀式（如果危險性過高，他們就不會展示了）。他們想讓她印象深刻，他們想得到崇拜。這是個很好的藉口，可以抱住女人，告訴她應該踩哪裡，或該怎麼彎身。這還有另一種樂趣。這套儀式擴大了男人和女人之間的差異，而希望的翅膀，就在這擴大的差異中噗噗拍著。在接下來的一兩個小時裡，這套劇碼會讓人有種變輕變亮的感覺。

現在我們多高？

將近一百公尺，甜心。

我們聽見非常輕微的顫音從某間彩排室傳來，是一名女高音正在吊嗓。電池照明燈昏暗微弱，在遠離光源之處，所有東西漆黑一片，除了一扇打開的門，比地窖口大不了多少，在很遠很遠的下方，舞台後面。光線透過它流洩進來。它之所以開著，無疑是為了讓些許空氣得以流通。舞台工作人員穿著短褲和背心，我們汗流浹背。

女高音開始唱詠嘆調。

貝里尼（Bellini）的《清教徒》（*I Puritani*），最年輕的舞台工作人員宣布。上一季演了八十場。

O rendetemi la speme

O lasciatemi morir…

再給我一次希望

或讓我死。

舞台就像乾船塢，凱雅和我沿著其中一條橋樑走過。與橋樑平行延展，筆直垂降到舞台上的，是這一季表演劇目的繪畫裝置。

一盞聚光燈的光束穿越舞台；女高音的歌聲，因為某種原因，停留在曲子中央，就在這時，我們看見一隻鳥，低低地從打開的門扇飛了進來。

牠在黑暗的空間裡迴旋了好幾分鐘。然後棲息在一條鋼纜上，充滿迷惑。牠是隻歐掠鳥。牠的頭望著一盞盞燈光，相信它們是通向陽光的入口。牠已忘記或再也找不回剛剛飛進來的門道。

牠在垂掛的背景間飛翔，海洋、山脈、西班牙客棧、德國森林、皇宮、農民婚禮。牠一邊飛，一邊叫著「提卻」！「提卻」！牠的叫聲越來越尖，因為牠越來越確定自己已陷入網羅。

陷入網羅的鳥需要所有東西變黑，除了牠的逃亡路徑。但這情形並未發生，於是那隻歐掠鳥不斷衝撞著牆壁、簾幕和畫布。提卻！提卻！提卻！

歌劇院有一則古老的迷信，假使有鳥死在舞台上，房子將會著火。

那位彩排中的女高音，穿著長褲T恤，爬上舞台。也許有人告訴她那隻鳥的事情。

提卻！提卻！凱雅模仿著牠的叫聲。女歌手向上看，接近牠。她也模仿起歐掠鳥的叫聲。鳥兒回應著。女歌手修正她的音調，兩者的叫聲變得幾乎無法分辨。鳥兒朝她飛來。

凱雅和我連忙衝下金屬階梯。當我們打舞台工作人員旁邊經過時，一名年輕人跟凱雅說：以前都不知道原來妳是個歌劇女伶啊！

在街道外邊的劇院轉角處，有扇小門開著，女高音雙手交握胸前，不斷唱著：提卻！提卻！那些吃著冰淇淋和杏桃的老人家，聚集在她身邊，沒半點驚訝。在這樣的酷暑中，在一座被遺棄的城市裡，任何事情都可能發生。

我們先去喝杯咖啡吧，凱雅說，然後去墓園。

她找了一個陽光滿溢的位置。我坐在陰影下。我們聽著遠方的鼓掌聲。也許那隻鳥已經飛走了。如果我們把這個故事告訴別人，她說，誰會相信我們呢？

墓園有著遼闊草坪與高大樹木。一隻歌鶇挑剔地停在某塊新刈好的草地上。我們向一名園丁問路，他是個波士尼亞人。

終於，我們在很遠很遠的一個角落裡，找到了他的墓。一塊簡單墓碑，一方礫石鋪地，礫石地上擺了一只條編籃子，裡面是土壤和一株濃密、小葉、墨綠近黑的漿果灌木。我一定得找出它的名字，因為波赫士喜愛嚴謹；嚴謹讓他在寫作時，有機會精準地著陸在他所選定的位置。他的一生，不斷在政治裡飽受中傷、痛苦迷失，但這從未出現在他所寫下的書頁上。

Debo justificar lo que me hiere.

No importa mi ventura o mi desventura.

Soy el poeta.

我應該為損害我的一切辯解。

我的幸或不幸無關緊要。

我是詩人。[7]

那株濃密墨綠的灌木，根據波士尼亞園丁的說法，叫做*Buxus sempervivensy*（黃楊木的一種）。我該認出它的。在上薩伏衣[8]的村落裡，人們會拿這種植物的小枝浸染聖水，最後一次為躺在床上的摯愛親友的軀體輕灑祈福。因為匱乏的緣故，它成了一種聖樹。在這塊地區，每逢聖枝主日[9]總沒有足夠的柳樹可供使用，於是薩伏衣人民開始以這種長青的黃楊木取而代之。

他死於，墓碑上寫著，1986年6月14日。

我們兩人靜靜站在那兒。凱雅的手提袋背在肩上，我抓著黑色安全帽，裡面塞著我的手套。我們屈著身子，彎向墓碑。

墓碑上有一幅淺浮雕，刻著一群人站在一個看似中世紀船隻的東西裡。又或者其實他們是在陸地上？是因為他們的戰士紀律讓他們如此緊貼而密實地立在一起？他們看起來很古老。墓碑背面是另一群戰士，握著矛或槳，自信昂然，隨時準備馳騁疆土或穿渡惡水。

在波赫士來到日內瓦並死於此地時，陪伴他身邊的，是瑪莉亞・兒玉（María Kodama）。1960年代早期，她曾是他的學

7　出自波赫士《天數》（*La cifra*, 1981）〈幫兇〉。參見《波赫士全集》III，頁479。

8　上薩伏衣（Haut-Savoie）：法國隆河—阿爾卑斯地區的一省，鄰近瑞士。伯格自1970年代中期開始，便居住在這裡的一個小農村中。

9　聖枝主日（Palm Sunday）：又稱「棕枝主日」，基督教的節日，聖週的第一天，亦即復活節前的那個星期日，為紀念耶穌進入耶路撒冷城。據說，當時耶路撒冷的群眾手執棕枝踴躍歡迎耶穌，為表紀念，在每年節慶當天，教堂會以棕枝裝飾，信徒也會手執棕枝繞教堂一周。不產棕櫚樹的地區，也常改用柳樹或紫杉。

生之一，研究盎格魯撒克遜和北歐文學。她只有他的一半年紀。他們結婚時，也就是他死前八週，他們搬離了情人塔路（Rue de la Tour-Maitresse）這條檔案街上的一家旅館，住進她找到的一間公寓。

這本書，他在一篇獻詞中寫著，是妳的，瑪莉亞・兒玉。我一定要告訴你們，這個題詞包含了薄暮之光，奈良之鹿，孤獨之夜和稠密之晨，分享之島，海洋，沙漠，花園，忘卻湮沒和記憶扭曲的種種，伊斯蘭宣禮人的高亢呼聲，霍克伍德[10]之死，一些書和版畫，一定要嗎？……我們只能給予已經給予的東西。我們所能給予的，都是已經屬於別人的東西！[11]

一名年輕人推著嬰兒車裡的孩子走過，那時，凱雅和我正在研究刻於碑銘上的是哪種文字。小男嬰指著一隻昂首向前的鴿子，發出熱水沸騰似的波波笑聲，沒錯，肯定是他，讓小鳥飛走的。

我們發現，刻在墓碑前面的四個字是盎格魯撒克遜文。*And Ne Forthedam Na*。切勿恐懼。

一對男女朝墓園小徑遠方的一張空長椅走去。他們猶豫著，然後決定坐下。那女人坐在她男人的膝蓋上，面向著他。

墓碑背面的文字是北歐文。*Hann tekr sverthit Gram ok leggr i*

10 霍克伍德（Hawkwood, 1320-1394）：出身英國的僱傭兵將領，在十四世紀城邦之間交戰頻繁的義大利，以傭兵身分縱橫沙場三十餘年，對義大利的政治影響甚深。畫家烏切羅（Paolo Uccello）曾受佛羅倫斯城的委託，畫過一幅霍克伍德的騎馬壁畫，至今仍保存於佛羅倫斯主教堂中。

11 這篇題詞出自波赫士的《密謀》一書。

methal theira berto. 他拿起格蘭神劍[12]，出鞘的劍擱在他們之間。這句子出自一則北歐傳奇，多年來，兒玉和波赫士一直鍾愛這個故事，不斷把玩著。

在碑文的最底端，接近草皮之處，寫著：烏爾里卡致哈維爾・奧塔羅拉[13]。烏爾里卡是波赫士賜給兒玉的名字，哈維爾則是她賜給他的名字。

真是不應該，我在心裡想著，我們居然沒帶花來。接著，我起了個念頭：沒有花，那就留下我的一只皮手套吧。

駕著除草機的園丁越來越接近。我聽見二衝程的引擎聲，聞到剛剛刈下的青草味。沒有任何氣味像剛刈下的青草那樣總讓人聯想起「開始」：清晨，童年，春天。

> The memory of a morning.
> Lines of Virgil and Frost.
> The Voice of Macedonio Fernándéz.
> The love or the conversation of a few people.
> Certainly they are talismans, but useless against
> the dark I cannot name.
> the dark I must not name.

12 格蘭神劍（Gram sword）：北歐神話英雄西古爾德（Sigurd）用來屠龍的神劍。西古爾德是《埃達史詩》（*Poetic Edda*）和《冰島傳奇》（*Volsunga Saga*）中的核心人物，也就是德國史詩《尼伯龍之歌》中的齊格飛。在波赫士《沙之書》的〈烏爾里卡〉一文中，烏爾里卡和哈維爾就曾以該史詩的男女主角布倫希爾特和西古爾德互稱，文中有句「布倫希爾特，妳走路的樣子像是在床上放一把劍擋開西古爾德」。

13 烏爾里卡（Ulrike）和哈維爾・奧塔羅拉（Javier Otárola）這兩個名字出自波赫士《沙之書》中的〈烏爾里卡〉一文，參見《波赫士全集》III，頁12-17。

清晨的記憶。

魏吉爾和佛斯特的詩。

費南德茲的聲音。

幾個人的愛與交談。

當然，它們是護身符，但無力對抗

　我無法命名的黑暗。

　我不可命名的黑暗。[14]

我開始揣度思量。手套只會讓人覺得像是某個人不小心掉在這裡！一只掉落的皺巴巴的黑手套！它沒任何意義。算了吧。還是改天再帶束花過來。什麼花呢？

O endless rose, intimate, without limit,

Which the Lord will finally show to my dead eyes.

噢無盡的玫瑰，親密的，無所限制的，

上帝終將展示給我那死去的雙眼。

凱雅帶著探詢的眼光看著我。我點點頭。是該走了。我們

14 此詩出自波赫士《深沉的玫瑰》〈護身符〉，或參見《波赫士全集》III，頁142-143。

緩緩朝大門走去，誰也沒說話。

你們找到了嗎？波士尼亞園丁問著。

謝謝你，凱雅回答。

親人？

是的，親人，她回答。

劇院外面，一片平靜，歐掠鳥飛進去的那扇門，已經闔上。我把摩托車停在凱雅的速克達旁邊。她去拿她的安全帽。我拉出安全帽裡的手套，準備戴上。只有一只。我又看了一次。只有一只。

怎麼了？

一只手套不見了。

一定是不小心掉了，我們回去找，只要一分鐘。

我把剛剛站在墓碑前的念頭告訴她。

你低估他了，她一臉陰謀地說著，大大低估他了。

我們大笑，我把剩下那只手套塞進口袋，她爬上後座。

燈光大多是綠的，我們很快越過了隆河，把城市留在後頭，順著減速彎道騎上隘口。溫熱的空氣拂刷我赤裸的雙手，凱雅傾著身子隨車彎轉。我想起她最近在一封簡訊裡如何引用了芝諾[15]：運動的東西既不在它所在的空間之中，也不在它不

15 芝諾（Zeno of Elea, 490-430BC）：希臘哲學家和數學家，以其有關運動的四個悖論（二分說，阿奇里斯追龜說、飛矢靜止說、運動場說）最為著名。芝諾反對當時人認為「空間是點的總合以及時間是由瞬刻構成」的概念，他的運動悖論是企圖證明：在空間做為點的總合的概念下，運動是不可能的。波赫士在《波赫士口述》〈時間〉一文中，也曾就芝諾的運動悖論提出說明與討論，參見《波赫士全集》IV，頁268-278。

在的空間之中；對我而言，這就是音樂的定義。

我們創造了某種音樂，直到我們抵達鐮刀隘口（Col de la Faucille）。

我們在那兒停下車，俯瞰著迎向阿爾卑斯的湖水，還有日內瓦城，以及她的多重人生。

3
克拉科夫
Kraków

這不是旅館。而是某種小民宿，頂多，就只能住上四五名客人。早晨，盛放在托盤裡的早餐擱在走廊的架子上：麵包、奶油、蜂蜜、切片香腸，後者是這城市的特產。托盤旁邊，是雀巢咖啡包和電熱水壺。想要遇到那些嚴肅而穩重的年輕女性，這個地方的經營者，真是機會渺茫。

房間裡的所有家具不是橡木就是胡桃木做的，古色古香，可回溯到二次大戰之前。全波蘭唯有這座城市，在戰火餘燼之後，仍然保留下它的大多數建築。在這棟小民宿裡，有一種類似修女院或修道院的感覺，彷彿每一個房間內部，那兩扇開向市街的窗，都有好幾代人在那裡沉思冥想地注視著。

這棟建築物位於卡茲米爾區（Kazimierz）的米歐多瓦街（Miodowa Street），克拉科夫的舊猶太區。吃完早餐後，我問接待櫃檯裡的一名年輕女子，最近的提款機在哪裡。她一臉懊惱地放下手中的小提琴盒，拿出一張旅遊地圖。她用鉛筆在地圖上圈出我該去的地方。不會很遠，她嘆著氣，一副很想把我送到世界另一頭的模樣。我慎重地鞠了個躬，打開前門，關上，右轉，第一條巷子又右轉，然後發現自己置身於諾維廣場（Place Nowy），一座開放式的市集廣場。

我未曾來過這廣場，但我對它了然於心，或者該說，我對在這裡販賣東西的那些人了然於心。其中有些人擁有固定的攤子和遮棚，可為貨品阻隔陽光。天氣已經熱了，是東歐平原和森林那種模糊蒸騰、帶有蚊蚋暑氣的熱。葉片簇簇的熱。充滿暗示的熱，缺乏地中海暑氣中的明確色彩。在這兒，沒有任何肯定無疑的事物。最接近肯定無疑的東西，就只有老祖母。

其他小販——全是女性——來自偏遠小村，帶著籃子或桶子裡的自家產物。她們沒有攤子，坐在自備的小板凳上。一些人站著。我在她們之間晃來蕩去。

萵苣，櫻桃蘿蔔，山葵，宛如綠色蕾絲的切段蒔蘿，在這種熱溫下三天就可成熟的疙瘩小黃瓜，皮上黏著些許土屑、顏色有如孫兒膝蓋的新種馬鈴薯，棒狀芹菜以及它那牙刷般的氣味，喝伏特加的男人發誓那是催發男女情欲最佳春藥的茴香塊莖，與蕨類以物易物的幼嫩胡蘿蔔束，大多是黃色的玫瑰切花，還可聞到夾在庭院曬衣繩上破布味道的農家乳酪，孩子們給派到鄰近墓園小村尋來的野生綠蘆筍。

專業小販自然而然學會了所有的推銷花招，說服民眾千載難逢的黃金機會不會有第二次。相對的，那些坐在板凳上的婦女，則沒提供任何建議。她們文風不動、面無表情，只靠她們的存在為她們從自家園子裡帶來的產品做保證。

繞著木圍籬的小土地上，一棟兩房式的原木小屋，一座瓷磚壁爐介於兩房之間。這些婦人，就是住在這樣的農舍小屋（*chata*）裡。

我在她們之間漫步。不同的年紀。不同的體型。不同顏色的眼睛。沒有一條頭巾花色重複。她們每個人都找到了自己的方法來保護或疼惜她們微小的背，讓她們在俯下身來剁切細香蔥、拔除犬牙雜草，或採摘櫻桃蘿蔔時，不致讓重複不斷的彎腰拱背變成一種慢性慣習。在她們年輕時，是由臀部來負載物品的衝撞敲擊，而今，輪到肩膀接下這項工作。

我凝視著一名婦人的籃子，她站著，沒有小板凳。籃子裡裝滿淡金色的糕點和小餡餅。它們看起來像是雕好的西洋棋棋子，說得更準確點，是城堡，兩頭皆可站立的城堡，它們的正規砲口總是位於最頂端。每一個都有十公分高。

我拿起其中的一座城堡，並立刻發現我錯了。這重量絕非糕點。

我瞥了一下那名婦人的臉。六十歲，藍綠色的眼睛。她嚴厲地回看著我，彷彿在看一個傻子，他又忘記某件事了。*Oscypek*，她用緩慢的速度重複這乳酪的正確名稱，這是用高山山羊的奶，在介於兩房中央的瓷磚壁爐煙囪裡薰製出來的。我買了三個。然後，她用小到不能再小的頭部姿勢，示意我可以走了。

廣場中央矗立著一棟矮小建物，沿著四周分隔成許多小店鋪。有家只夠擺下一張椅子的理髮店。好幾間肉鋪。一家雜貨店，可以買到唯一一只桶子裡的酸泡菜。一家燒著鍛鐵爐子的小湯館，館外的鋪石地面上，擺了三張木頭桌子和長椅。其中一張桌子上坐了一名男子，略微沮喪的雙肩，修長的雙手，和因為即將禿頭而顯得更加高聳的前額。他的眼鏡有著厚厚的鏡片。在這個上午的這個地方，他宛如置身故鄉，雖然他並非波蘭人。

肯生於紐西蘭，死於紐西蘭。我在他對面的長椅上坐下。這個男人，六十年前，與我分享了他所知道的許多事情，但他從沒告訴我他如何學會那些事。他從未提起他的童年或雙親。印象中，他很年輕的時候就離開紐西蘭來到歐洲，不到二十歲。他的父母是窮是富？此時此刻，問他這個問題似乎沒任何意義，就像拿這問題去叨擾市集裡的其他人一樣無謂。

距離從不曾令他畏懼。紐西蘭威靈頓、巴黎、紐約、倫敦灣水路（Bayswater Road）、挪威、西班牙，我想，還有某些時刻的緬甸或印度。他以五花八門的各種方式賺錢維生，新聞記者、學校教師、舞蹈教練、電影臨時演員、小白臉、流動書商、板球裁判。我所說的這一長串清單，或許有些是假的，但那是我用我自己的方式，為此刻坐在諾維廣場、坐在我面前的他，畫出的肖像。在巴黎，他曾為一家報紙畫過漫畫，關於這點，我很確定。他喜歡什麼樣的牙刷，我還記得一清二楚——特長柄的那種。我也記得他的鞋子號碼——十一號。

他把羅宋湯推到我面前。然後從右褲袋掏出一條手帕，把湯匙擦了之後遞給我。我認得那條黑色格紋手帕。那是一碗深紅色的蔬菜羅宋清湯，加了一點蘋果醋中和掉甜菜根的自然甘味，波蘭風格。我喝了一點，將湯碗推還給他，把湯匙遞回他手上。我們沒交換隻言片語。

我從背包裡拿出一本素描簿，昨天我在札托里斯基博物館[1]畫了達文西的《抱銀鼠的女子》，我想秀給他看。他仔細研究著，又厚又重的眼鏡略略滑下鼻翼。

畫得不錯！不過她有點太挺了，對吧？事實上，她的背要再彎一點，像倚在角落那樣，沒錯吧？

聽到他用這種方式說話，這種不用懷疑就是他的方式，我對他的愛整個回來了：我愛他的旅程；我愛他那隨時想要滿足且永不隱藏的好胃口；我愛他的消沉困倦；我愛他那可悲的好奇心。

有點太挺了，他又說了一次。別在意，每個摹本一定都會改變某個地方的，不是嗎？

我愛他的缺乏夢幻。他不容許絲毫夢幻存在，他不讓幻滅發生。

第一次遇見他，我十一歲，他四十歲。在接下來的六到七

1 札托里斯基博物館（Czartoryski Museum）：克拉科夫最負盛名的博物館，創立於1796年，以收藏達文西的《抱銀鼠的女子》（*Lady with an Ermine*）聞名。電影《盜走達文西》便是在該館拍攝。

年裡，他是我生命中最具影響力的人。因為他，我學會跨越疆界。法文有一個字叫*passeur*，通常譯做擺渡人或走私者。不過這個字也隱含有嚮導的意思，山的嚮導。他就是我的*passeur*。

肯快速翻閱我的素描簿，瀏覽前面的畫。他的手指非常靈巧，藏牌技術一流。他曾試著教我玩「三牌猜皇后」（Find the Lady）：學會這招，你隨時都可以賺到錢！這會兒，他的手指在兩張紙頁之間停了下來。

另一張臨摹？安托內洛[2]的？

《天使扶持死亡的基督》[3]，我說。

我沒看過原作，只見過複製品。如果我可以自由選擇一位歷史上的畫家來為我畫肖像，我就會選他，他說。安托內洛。他畫畫像是在印刷文字。他畫的每一樣東西，都有一種連貫性和權威性，而他活著的那個時代，正巧是第一部印刷機發明問世的時代。

他再次低覽素描本。

那位天使的臉上或手上沒有一絲憐憫的痕跡，他說，只有溫柔。你已經捕捉到那份溫柔，但沒抓住那股重力，第一件印刷文字的重力。那股力量已經永遠消失了。

這是我去年在普拉多（Prado）美術館畫的。直到警衛跑過

2 安托內洛（Antonello da Messina, 1430-1479）：出生於西西里島的義大利文藝復興時期畫家，曾經在法蘭德斯學畫，並將該地的繪畫技巧引進義大利，作品結合了義大利的簡潔風格與法蘭德斯的細節描寫。

3 《天使扶持死亡的基督》（*Dead Christ supported by Angel*）：安托內洛的畫作。

來把我攆走。

誰都可以在那裡畫畫，不是嗎？

是沒錯，但不能坐在地板上。

那你幹嘛不站著畫！

當肯在諾維廣場說出這句話時，我看見他，巍然聳立的身影，向前俯曲，站在一處懸崖邊緣，畫著海的素描。那是布萊頓（Brigthton）近郊，1939年的夏天。他總會在口袋裡擺一枝又大又黑的墨鉛筆，叫「黑王子」（Black Prince），它的筆桿不是圓的，而是方的，像木匠用的鉛筆。

我太老了，我告訴他，現在已經沒辦法長時間站著畫了。

他啪的一聲把素描本放下，瞧都不瞧我一眼。他痛恨自哀自憐。大多數知識分子的軟弱，他說。排除它！這是他傳授給我的唯一一項道德命令。

他指著我剛買的一塊乳酪。

她叫賈谷西雅（Jagusia），他說，朝剛剛賣我*Oscypek*的那名婦人點了點頭，從波德哈勒（Podhale）山裡面來的。兩個兒子都在德國工作。非法勞工。他們很難拿到工作證，沒辦法，只好做黑的。*Néanmoins*（不過），他們正在蓋一棟房子，比賈谷西雅曾經夢想過的房子都還要大，不是一層樓，而是三層，不止兩個房間，而是七個！

Néanmoins！這些突然從他句子裡冒出來的法文字，並是不矯揉造作的刻意賣弄，而是因為住在巴黎的那幾年——在他來到倫敦，來到灣水路之前——是他一生中最快樂的時光。基於同樣的原因，他也常常戴上他的黑色貝雷帽。

不過呢，他預言道，賈谷西雅一定不會離開她的農舍小屋，還有那些掛在花園曬衣繩上的乳酪布巾。

就是這個男人讓我相信，只要我們湊在一起，我們就能在這個世界上的任何城市裡找到音樂。

來罐啤酒如何？他說，在眼下的克拉科夫，一邊指著市場的另一頭，在那前面有間賣衣服的小鋪子，老闆是個胖女人，坐在一張扶手椅上抽菸，四周堆滿了衣服。

我站起身走向她。她抽菸的時候，總會說起當初來到諾維廣場的往事；每天早上，她都會這樣說上一回，每天早上，那個賣乾香菇和醃香菇的男人都會聽她這樣說上一回，臉上沒任何表情。當她把所有衣服褲子在她的小鋪子裡吊掛起來、堆疊排好之後，鋪子裡根本就沒她容身的空間。鋪門的內側有一面長鏡子，客人有時會把鋪子當成試衣間。每天早上，她一打開鋪門，就會看到鏡中的自己，每天早上，她都會被自己的體型嚇到。

我在一個擺滿乾豆、波蘭芥末、餅乾、蜂蜜麵包和肉罐頭的攤子上，搜尋到罐裝啤酒。這裡還有個公共棋盤，棋賽正在進行。攤子後方的雜貨店老闆下著黑子，一個看起來像是過路客的人下著白子。棋盤上已經少了好幾隻小卒，一枚騎士和一名主教。

雜貨店老闆隔著一段距離研究著棋盤上的局勢，然後轉身照顧他的生意，等著對方走完他那步。另一個人則在棋賽上方躊躕猶豫著，兩隻腳一會兒晃前一會兒擺後，好像他就是自己的一枚主教，已經被一名巨人的兩根手指輕輕提了起來，那個巨人正在仔細思考所有可能的走法，他非常謹慎，在做出最後決定之前，可不願輕易鬆手。

我請老闆給我兩罐啤酒。白子拿起他的皇后斜走，喊「將軍！」。黑子收了我的錢，移動他的國王。皇后撤退。一名女客人要一些蜂蜜麵包，裡面埋了糖漬橘片那種。黑子切了幾片麵包，秤了重。白子走了草率的一步，等他發現已經太遲了。他的喉嚨一陣酸味湧上，吞嚥困難。黑子拿下一座城堡。

克拉科夫的猶太區在舊城外面，維斯杜拉河（Vistula）的另一邊，從這裡穿過波斯坦考橋（Most Powstancôw bridge），不用十分鐘就可走到。猶太區佔地約六百公尺長，四百公尺寬，四周由城牆般的建築、壁壘和帶刺鐵絲網團團圍住。1941年秋天開始，這裡進行了長達六個月的封鎖，共有一萬八千人囚禁在此。每個月，都有數千人死於疾病和營養失調。只有那些有能力在德國的軍備和服裝工場當奴工的人，才能得到允許離開這裡，去從事他們分配到的工作。其他擅自離開猶太區的猶太人，只要被發現，一律槍擊伺候，任何膽敢幫助猶太人進入克拉科夫的亞利安區或藏匿他們的波蘭人，也都格殺勿論。

「Tyskie」！我回到桌上時，肯鼓掌喊道。你選了最上等的啤酒！

小時候教得好嘛！

他叫柴德雷克，肯說，那個你看他下棋的男人。他每個禮拜至少會來陪雜貨商阿布拉姆下一次棋。柴德雷克其實可以把棋下得很好，要是他別一大清早就開始喝伏特加。不過我想，他大概是戒不了了。小男孩阿布拉姆是在躲躲藏藏當中熬過戰爭的迫害。

我所知道的遊戲多半都是肯教的：西洋棋、撞球、飛鏢、撲克牌、桌球、雙陸棋。我們在他的套房裡玩西洋棋，在酒吧裡玩其他的。橋牌在我認識他之前我就會了，我們通常是跟我父母一起打，或是受邀到別人家時才玩，不過這種情形不多。

我在1937年遇見他。他是我們學校的代課老師，那間把我緊緊捆住的瘋子寄宿學校。氣急敗壞的校長，當著學生代表的面（五十個光著膝蓋被嚇壞的男孩，每個都努力想在孤立無助的情況下，找到某種人生的意義），把一張用餐椅朝拉丁文老師飛摔過去，正巧站在他倆中間的肯，在半途單手攔截住那張椅子。我就是這樣注意到他的。他把椅子放到講台上，用腳踩住，老闆則繼續滔滔不絕的罵個不停。

那個學期的最後一天，我邀請肯到我父母位於薩塞克斯郡（Sussex）塞希比爾（Selsea Bill）海灘附近的拖車屋和我們一起度假。有何不可？他說。他來住了一個禮拜。

我們該賭錢嗎，先生？肯問。不然叫牌很難記點。

同意，但是賭注別下太高，因為約翰在這。

一百點兩便士如何？

我去把錢包拿來，我母親說。

肯開始洗牌，紙牌在他兩手之間像瀑布一樣啪啪流瀉。有時則像不斷移動的樓梯，像電扶梯，像由紙牌疊成的梯子。後來，有一次，我正抱怨我睡不著，他告訴我：想想你正在洗一副牌。我就是那樣睡著的。

抽牌決定誰發牌。

父親玩得很開心，不只因為他是個橋牌好手，更是因為，打橋牌可以讓他回想起與死者之間的愉快時光，其他時候，它們總是讓他憂愁苦悶。當我們四人在塞希比爾打橋牌時，「六張方塊雙倍」（Six Diamonds Doubled）領先「五尊迫擊砲失去」（Five Mortars Lost）。父親和我們打著橋牌，同時也和維米嶺與伊普里斯[4]近郊壕溝裡的一長串步兵軍官打著橋牌，他們是他的同袍，四年之後，他是他們當中唯一的生還者。

母親很快就認定肯屬於她的那個特殊類別：「喜愛巴黎的人。」

看著我們三人在沙灘上玩著鐵環，我確信，當時她已預見，我的*passeur*將我把帶到一個很遠很遠的地方，而我同樣確信，當時的她並不懷疑，差不多是毫不懷疑，我有能力照顧好自己。於是，她在每個星期一，我們的洗衣日，幫肯洗衣服燙衣服，肯則給她帶來一瓶多寶力酒[5]。

我跟著肯上酒吧，雖然我的年齡還沒到，但從來沒人拒絕

4 維米嶺（Vimy Ridge）和伊普里斯（Ypres）：兩地都是第一次世界大戰重要的壕溝會戰戰地。

5 多寶力酒（Dubonnet）：以紅葡萄酒做為基酒，搭配肉桂和多種植物藥草製成的餐前酒。

讓我進去。不是因為我的身材或長相，而是因為我的確定無疑。別回頭，肯告訴我，一刻也別猶豫，你只要比他們更相信你自己就可以了。

有一次，一名酒鬼開始咒罵我，要我帶著我該死的嘴巴滾出他的視線，我突然控制不住哭了。肯用手臂圈住我，直接把我帶到街上。街上沒半盞燈光。那是戰時的倫敦。我們靜靜的走了很長一段路。如果你非哭不可，他說，有時候你就是忍不住，如果你非哭不可，那就事後再哭，絕對不要當場哭！記住這點。除非你是和那些愛你的人在一起，只和那些愛你的人在一起，若真是這樣，那你已經夠幸運了，因為不可能有太多愛你的人——如果你和他們在一起，你就可以當場哭。否則，你只能事後哭。

肯教我的所有遊戲，他都玩得很精。除了他的近視之外（寫到這裡，我突然發現，我曾經愛過的人，以及我依然愛著的人，全都是近視一族），除了他的近視之外，他的動作就像個運動員。一種類似的姿態。

我就不是。我笨手笨腳，慌裡慌張，膽小怯弱，幾乎沒有姿態。不過我有別的東西。我有決心，一種就我的年紀看來，相當驚人的決心。我敢孤注一擲！為了這股不顧一切的衝勁，他寬容我的其他缺點。他送給我的愛的禮物，就是與我分享他所知道的東西，幾乎是他所知道的每一件事，完全不在乎我的年紀或他的歲數。

因為要讓這樣一種禮物成為可能，贈與者和接受者必須是平等的，於是，儘管我們在各方面都是那麼奇怪而矛盾的組合，我們的確變成了平等的對手。也許當時，我們都不知道這是怎麼發生的。現在我們知道了。因為當時的我們已預見到眼前的這一刻：那時我們是平等的，就像此刻在諾維廣場上我們是平等的一樣。我們預見到，我會變成老人，而他會成為死者，這讓我們可以平等相待。

他用修長的雙手握住桌上的啤酒罐，拿它和我的罐子碰了一下。

不管任何時候，只要有可能，他都寧願以姿勢動作而非口頭話語來表達。也許這是出於他對沉默的書寫文字的尊重。他必定曾在圖書館裡研讀書籍，然而對他而言，一本書最親近的所在，就是雨衣的口袋。而他，就是從這樣的口袋裡掏出那些書的！

他不會直接把書遞給我。他會告訴我作者是誰，唸出書名，然後把書擱在套房壁爐台的一角。有時，那裡會有好幾本書，一本疊著疊一本，讓我選擇。歐威爾。《巴黎・倫敦流浪記》（*Down and Out in Paris and London*）。普魯斯特。《到斯萬家那邊》（*Swann's Way*）。曼斯菲爾德（Katherine Mansfield）。《園遊會》（*The Garden Party*）。史特恩（Laruence Sterne）。《商第傳》（*The Life and Opinions of Tristam Shandy*）。米勒（Henry Miller）。《北回歸線》（*Tropic of Cancer*）。基於不同的原因，我們兩人都不相信文學解釋。我從沒拿我看不懂的地方去問他。他也不曾主動向我指出，因為我的年齡和經驗可能很難領略的部分。特里夫斯（Sir Frederick Treves）。《象人》（*The Elephant Man and Other Reminiscences*）。喬哀斯。《尤里西斯》（*Ulysses*）。（在巴黎出版的英文版。）我們之間有種心照不宣的默契，我們都想在某種程度上從書中學會如何生活，或試著學習如何生活。這場學習從我們看到的第一個字母圖片就已開始，將一直持續到我們死亡之日。王爾德。《深淵書簡》（*De Profundis*）。聖十字若望[6]。

我每還回一本書，就覺得和他又親近了一點，因為我又多知道了一些在他漫長的人生中曾經讀過的東西。書讓我們會聚融合。往往，一本書會拉出另一本書。在我讀完歐威爾的《巴黎・倫敦流浪記》後，我想繼續讀他的《向加泰隆尼亞致敬》

6 聖十字若望（St. John of the Cross, 1542-1591）：西班牙聖衣會神父、詩人，也是西班牙天主教會改革運動的重要人物之一，撰寫過許多關於提升靈魂的教義研究和詩作，是西班牙神祕文學的祭酒。

（*Homage to Catalonia*）。

肯是第一個和我談論西班牙內戰的人。一道道裂開的傷口，他說。沒有任何東西能讓這些傷口止血。在這之前，我從沒聽過誰曾大聲唸出「止血」一字。那時，我們正在酒吧裡打撞球。別忘了給球桿上滑粉，他加了一句。

他用西班牙文唸了一首加爾西亞・羅卡[7]的詩給我聽，羅卡在四年前遭到槍殺，當他把那首詩翻成英文之後，我相信，在我十四歲的心靈裡，已經知道生命是什麼，而人生又得承冒什麼樣的風險！只除了一些細節之外。也許，是因為我這樣告訴過他，又或者，是因為我的某個魯莽舉動激怒了他，我記得他那時這樣對我說：仔細檢查所有細節！一開始就要檢查，別拖到最後！

他說這話時，帶有某種懊悔的口氣，好像他曾在某個地方、因為某種原因，犯了有關細節的錯誤，讓他深深懊悔。不，我錯了。他是個從不懊悔的人。應該說，那錯誤讓他付出了代價。在他一生中，他曾為許多他不懊悔的事付出過代價。

兩個身穿白色蕾絲連身長裙的女孩，打諾維廣場的另一端穿越而過。十或十一歲，兩個都比同年齡的女孩高，兩個都成了榮譽女信徒，在她倆穿越廣場的同時，她們也步出了自己的

7 加爾西亞・羅卡（García Lorca, 1898-1936）：西班牙詩人及劇作家，有「血腥詩人」之稱。出生於安達魯西亞地區一個激進派的地主家庭，其詩作融合了吉普賽歌謠和佛朗明哥音樂舞蹈的薰陶，呈現出強烈迷人的獨創風格，劇作主題則環繞著熱情、血腥和死亡，充滿實驗風格。1936年西班牙內戰爆發前夕，羅卡被親法派民族黨人逮捕，被迫替自己挖掘墳墓後，遭到槍決，時年三十八歲。著有《吉普賽故事詩》、《血婚》等書。

童年。

白色之週[8]，肯說。上個星期天，全波蘭的孩子們都領了他們的第一次聖餐。然後，這個禮拜的每一天，他們會以最好的儀態走進教堂，再領一次聖餐，尤其是女孩們，男孩也一樣，但他們沒女孩那樣顯著。沒有幾個孩子，尤其是女孩們，想要穿著他們的白色聖餐服再走一次。

廣場上那兩個女孩並肩走著，因為這樣，她們可以用大鐮刀把自己吸引到的目光收割下來。

她們正走向基督聖體教堂（Church of Corpus Christi），那裡有尊著名的金箔聖母像，肯說。克拉科夫的所有女孩都想在基督聖體教堂領她們的第一次聖餐，因為她們母親在這裡買到的聖餐服，剪裁比較漂亮，長度也比較好看。

在倫敦艾奇維爾路（Edgwear Road）的舊大都會歌舞廳（Old Met Music Hall）裡，我坐在他身邊，第一次學會如何判斷風格，學會最基礎的評論課程。羅斯金（Ruskin）、盧卡奇（Lukács）、貝倫森（Berenson）、班雅明（Benjamin）、沃夫林（Wolflin），全都是後來的事。我的本質是在舊大都會形構出來的，在那裡，我從頂樓樓座俯瞰著樓下的三角形舞台，被一群七嘴八舌、無所不看，卻又尖酸刻薄的觀眾團團圍住，這些人

8 白色之週（La Semaine blanche）：即「聖週」（Holy Week），四旬齋的最後一個星期，也就是從聖枝主日一直到復活節的那個禮拜。

毫不留情地批評那些單人脫口秀演員、慢速雜技團、歌手，和腹語表演者。我們看到歐西雅[9]贏得滿堂采，我們也看到她被噓下台，淚水沾濕了頭髮。

表演必須有風格。必須在一個晚上連續征服觀眾兩次。為了做到這點，那些層出不窮、接連不斷的插科打諢，必須導向某個更神祕的東西，必須引出那個詭詐又不敬的命題：生命本身就是一場單人脫口秀。

馬克斯・米勒[10]，「那個厚顏無恥的傢伙」，穿著銀色西裝，睜著他那雙甲狀腺機能亢進的眼睛，在三角形舞台上表演著，像隻興奮過度的海獅，對他而言，每個笑聲都是他渴望吞下的魚。

我在布萊頓弄了間自己的工作室，禮拜一早上有個女人來我家——她說，「馬克斯，我要你在我膝蓋上畫一條蛇。」我一臉死白，老實說，我真的是。不，嗯，我不強壯，我不強壯。所以，聽著——我跳下床，看……不，聽一下……我開始在她膝蓋正上方畫一條蛇，我就是從那裡開始畫。但是我得停下來——她在我臉上啄了一下——我不知道一條蛇到底有多長——一條正常的蛇到底有多長呢？

每個喜劇演員都在扮演受害者，這個受害者必須贏得所有

9 歐西雅（Tessie O'Shea, 1913-1995）：英國最受歡迎的歌舞廳藝人和百老匯演員。出生於威爾斯地區，六歲即開始登台表演，1930年代晚期成為BBC廣播電台紅星，歌聲擄獲無數英國人的心。曾經是紅極一時的舞台藝人，1950年代末期傳統歌舞廳沒落後，率先成為唱片明星，並從1960年代開始參與百老匯音樂劇演出。

10 馬克斯・米勒（Max Miller, 1894-1963）：1930至1950年代英國最頂尖的歌舞廳喜劇演員和歌手。

買票觀眾的心，而那些觀眾也都是受害者。

哈利・錢平[11]來到前台，伸出他的雙手，像是站在悲劇的邊緣般，乞求協助：「人生是件非常困難的事，你永遠無法在活著的時候想通它！」當他在一個美好的夜晚說出這句話時，整棟屋子裡的人都把自己交到他的手掌心。

佛拉納岡和艾倫[12]衝上來，好像有什麼緊急大事而他們來遲了。然後，他們以飛快的速度表現出，這個世界和它那些緊急大事完全就是誤會一場。那時他們還很年輕。佛拉納岡有雙充滿靈性的天真雙眸；艾倫，直挺挺的那個，則是短小俐落，準確無誤。然而，他們卻一起演出了這個世界的衰老！

假使我可以把計程車賣了，我想回到非洲去，做我以前的工作。

什麼工作？

挖洞然後賣給農夫！

麥克風正在謀殺他們的藝術，肯在頂樓樓座上小聲對我說。我問他那是什麼意思。聽聽他們是如何運用聲音的，肯解釋道。他們是穿越整個劇場在說話，因此我們就在他們當中。假如他們使用麥克風，他們的聲音就會停住，觀眾也將不再置身其間。歌舞廳藝術家的祕密就在於，他們是在毫無防衛的情

11 哈利・錢平（Harry Champion, 1866-1942）：本名William Crump，英國著名的歌舞廳作曲家和雜耍歌舞巨星，招牌特色是以粗俗的倫敦土腔唱出幽默又風趣的迷人歌曲。

12 佛拉納岡和艾倫（Flanagan and Allen）：英國二戰期間著名的喜劇雙人組。

況下演出，就和我們所有人一樣。別了麥克風的演出者就像穿了盔甲一樣！那是另一種球賽。

他是對的。歌舞廳就在接下來的十年裡揮別人世。

一個女人，提著一籃野生酸模，打我們桌邊經過，諾維廣場的桌邊。

你可以幫我們做些酸模湯嗎？肯問我。明天我們可以用它來取代羅宋清湯。

我想應該沒問題。

加蛋的嗎？

我沒試過那種。

嗯，他閉上眼睛，你把湯準備好，端上來，然後在每個碗裡，放一顆全熟的白煮蛋，熱的。記得要在碗旁邊擺上湯匙還有刀子。把蛋切成一片一片，和著綠色的湯一起吃。那種融合了蔬菜的尖銳酸楚與雞蛋的圓潤舒適的滋味，會讓你想起某件非比尋常的事情，某件杳然遠去的事情。

家嗎？

當然不是，甚至對波蘭人也不是。

那是什麼？

是倖存，也許吧。

對我而言，肯似乎永遠住在同一間套房裡。事實上，他經常移動，但總是在我離家去學校那段期間，等我回來看他時，總是會發現同樣的幾件家當疊在一張類似的桌子上，桌子擱在一張類似的床腳邊，床在一扇插了鑰匙的門後面，那扇門通往樓梯間，由一位房東太太監管著，她以同樣的方式擔心著燈老是沒關。

肯的房間有個煤氣暖爐和一扇高聳的窗。暖爐上的壁爐台，就是他堆書的地方。臨窗的桌子上有部大型的攜帶式無線電（當年，「收音機」這個字還很少人用），我們用它收聽各種消息。1939年9月2日：今天清晨，德國陸軍裝甲師在無預警的情況下，入侵波蘭。在接下來的五年當中，總計有六百萬波蘭人失去性命，其中半數是猶太人。

房間的壁櫥裡不只收放衣服，還藏了食物：燕麥餅乾，全熟白煮蛋，鳳梨，咖啡。煤氣暖爐旁邊有個瓦斯爐可以燒水，他習慣把燒水的長柄鍋擺在窗台上。房間聞起來有股香菸、鳳梨和打火機燃料的味道。廁所和洗手槽的位置不是比地板高，就是比地板矮。我老是忘記這點，因此他常在我後面大吼：往上不是往下。

他的兩只旅行箱，打開來擱在地上，裡面的東西從來沒有清空過。在那個時代，沒有任何東西是可以拆包拿出來的，即便是人們腦子裡的東西。每樣東西不是儲存著，就是在運送中。夢想擱在行李架上，收進背包和旅行箱裡。在他地板上一只打開的旅行箱裡，有一罐不列塔尼的蜂蜜，一件深色的漁夫毛衣，一冊法文版的波特萊爾，和一只桌球拍。

讓你領先十五分好了！他提議道。準備好了嗎？開始！十五比零。十五比一。十五比二。十五比三。他正在痛宰我，就像1940年一樣。

到了1941年，他還是以三戰兩勝打敗我，不過他沒再讓我就是了。

那時，他正在英國廣播公司（BBC）外國部門的某單位服務，他會說那是個不值一提的職務。工作完回到房間，往往已經是凌晨時分。他的床罩是淡紅色的。

那些早晨，我們經常在格洛斯特路（Gloucester Road）的街壘咖啡吃早餐。當時食物都是限量配給的。不愛吃甜食的人就把他們配給到的糖讓給別人。肯和我喝茶，假裝茶比咖啡精來得好。我們一邊吃早餐，一邊看報紙。每份報紙四頁——最多六頁。1941年9月9日：列寧格勒被德軍截斷所有通路。1942年2月12日：三艘德國巡洋艦暢行無阻地通過多佛海峽。1942

年5月25日：德國陸軍在哈爾科夫（Kharkov）俘虜二十五萬蘇聯軍。納粹，肯說，正在犯跟拿破崙一樣的錯誤：他們低估了「冬將軍」的力量。他是對的。那年的11月底，包路斯將軍（General Paulus）和他的第六軍團在史達林格勒遭到包圍，隔年2月向朱可夫將軍（General Zhukov）投降。

1943年4月中的某個早晨，肯告訴我一則倫敦電台的廣播，那是前一天由波蘭流亡總理西柯爾斯基將軍（General Sikorski）發表的，他呼籲波蘭境內的波蘭人，起來支持即將在華沙猶太區發動的起義。華沙猶太區正遭到有計畫的滅絕。西柯爾斯基說——肯慢慢複述道——「人類歷史上最重大的罪行正在上演」。

只有在那些健忘的時刻，在腦子空空、什麼也沒想的時候，正在發生的滔天大罪才能確實讓人們感受到。在那樣的時刻裡，滔天大罪被記憶在空氣中，在春日的天際下，訴說著至今我仍無法命名的第七感。

1943年7月11日，英軍第八軍團和美軍第七軍團攻入西西里，拿下敘拉古（Syracuse）。

我把你當成初學者，肯傾身越過克拉科夫的桌子，小聲對我說著，而我懷疑，假如我仔細閱讀今天的你，我可能會有點失望。

關於精通這件事，總是有某種悲傷，難以形容的悲傷，我回答。

我認為你是個初學者。

還是嗎？

更甚以往！

而你是老師？

我沒教。但你有學。那是不同的。我讓你學！我也從你身上學到一些東西！

例如？

快速穿衣。

還有別的嗎？

如何大聲朗讀。

你自己就很會大聲朗讀，我說。

我終於發現你是怎麼做的。你大聲朗讀的祕密。你會逐字逐句的讀，你不會把句子先看完，除非你唸到那裡，那就是你的祕密。你拒絕考慮將來。

他拿下眼鏡，好像他已經看夠了，也說夠了。他確實很了解我。

在淡紅色的床罩下，在空襲警報不斷劃過的夜晚裡，偶爾，我會感覺到一團熱火在肯勃起的陰莖裡燃燒著。腫脹不請自來，像痛苦般等待著，一種必須被平撫的痛苦，在他修長身軀下半部的正中央。過沒一會兒，在被精液濡濕的床上，在從他沒戴眼鏡的雙眼流出的淚水中，睡意迅速朝我倆襲來。漣漪盪漾的睡眠，像潮水遠退時的沙灘。

走，看鴿子去，肯說，一邊用他的黑色格紋手帕擦拭厚厚的鏡片。

我們往市集北端走去。太陽毒辣。又一個初夏上午疊加到積了百年灰塵的柱楢上。我們瞧見兩隻蝴蝶盤著螺旋向上飛舞，牠們帶著花園的菜蔬來到城市的中心。大教堂的鐘，敲了十一下。

每天每日，都有數以百計的波蘭訪客爬上大教堂鐘塔裡的螺旋石梯，為了眺望維斯杜拉河，為了用手指輕觸齊格蒙特鐘（Zygmunt Bell）巨大的舌鈴。齊格蒙特鐘鑄於1520年，重十一噸。傳說，觸摸它的舌鈴，可以為愛情帶來好運。

我們經過一個賣吹風機的男人。一百五十波蘭幣一把，意思是，它們八成是偷來的。他正在展示其中一把吹風機，他叫住一名路過的小孩：過來這裡，小甜心，我可以讓妳看起來很酷喔！女孩笑了，同意了，她的頭髮被吹得蓬蓬鬆鬆，像翻騰的波浪。*Slicznie*，她喊著。

我很漂亮，肯為我翻譯，笑著。

接著，我看見一群男人擠成一團。要不是因為他們伸長的脖子以及空氣中的靜謐氣氛，我會說他們正在聽音樂。等我們走近之後，我才發現，他們是聚在一張桌子四周，桌上有一百隻關在木柵裡的鴿子，每籠五或六隻。鳥兒們的毛色大小紛繁不一，但每一隻的顏色裡，都有一抹閃閃發亮的藍灰色，在那抹閃光裡，可以瞥見克拉科夫天空中的某種質素。桌上的這些鴿子，宛如被帶回地面的一塊塊天空樣本。也許，這就是為什麼那些男人看起來像在聽音樂的樣子。

沒人知道，肯說，信鴿是怎麼找到回家的路。牠們在晴朗的天氣中飛行時，可以看到前方三十公里處，但這無法解釋牠們準確無誤的方向感。1870年，在巴黎遭到封鎖那段期間，有一百萬件巴黎市民的訊息，是由五十隻鴿子負責傳送。那是微縮攝影技術第一次大規模應用。他們把信件極度微縮，將數百封信件的內容縮製在只有一兩公克重的膠片上。然後，等信鴿帶著膠捲飛抵時，再把信件放大、複寫、分類。膠捲和信鴿！歷史真是奇妙，竟能創造出這麼奇怪的物件組合。

有些鴿子已經被抓出籠外，正在接受賽鴿迷的熟練檢視。他們用兩根手指輕輕捏住鴿子的身體，測量腳的長度，用拇指溫柔觸壓牠們平坦的頭頂，伸展牠們的翅膀，他們把鴿子當成戰利品似的緊緊貼在胸前，進行著這些程序。

你不覺得很難想像嗎，肯挽著我的手臂說，用代表和平的信鴿去傳遞那些慘絕人寰的災難消息？那些訊息可能是通知我方打敗了，也可能是請求緊急援助，但是把鴿子拋入天空，好讓牠飛往家的方向的這個姿勢，不總是蘊含著某種希望的成分？古埃及的水手有個習慣，他們會在公海上放出鴿子，告訴他們的家人，他們正在返航的路上。

我看著其中一隻鴿子的眼睛，像珠子般有著紅色瞳孔的眼睛。牠什麼也沒看，因為牠知道，牠被抓住，無法動彈。

我很好奇那盤西洋棋進行到怎樣了，我說。於是我們信步走向市集的另一頭。

棋盤上還剩下十六隻棋子。柴德雷克還有國王、主教和五隻小卒。他正抬頭望著天空，像是在尋找靈感。阿布拉姆看著手錶。二十三分鐘了！他宣布。

下西洋棋本來就不能急嘛，一名顧客評論著。

他有一步好棋，肯小聲說著，但我打賭他不會發現。

把主教走到C5，對嗎？

不是，你這個白癡，把他的國王走到F1才對。

那你告訴他啊。

死人是不能下棋的！

聽到肯說出這幾個字，我為他的死感到難過。這時，他用雙手抱住頭，朝左右兩邊旋轉著，彷彿那是一盞探照燈。他等著我笑，以前他每次耍這種小丑把戲時，我總是會笑出聲來。他沒看出我的痛苦。我真的笑了。

戰爭結束後，我離開軍隊，回到家裡，但他已經消失。我寫信給他，寄到我所知道的最後一個地址，沒有回音。隔年，他寄了一張明信片給我父母，明信片是從某個不太可能的地方寄過來的，像是冰島或澤西（Jersey），他在上面詢問，我們可以共度聖誕節嗎？我們共度了那個聖誕節。他帶了一位女性戰地攝影師一塊過來，我想，她是個捷克人。我們一起玩聖誕遊戲，我們開心談笑，他取笑我媽，說她所有的食物都是從黑市買來的。

我倆之間，還是有著同樣的共謀情感。我們都沒顧左右而言他，也沒絲毫退卻。我們感受到同樣的愛：只是情勢已經變了。*Passeur*已經衝鋒；邊界被跨越了。

幾年過去。最後一次看見他時，我倆加上我朋友安納特開了整晚的車從倫敦殺到日內瓦。在我們穿越沙提庸（Châtillon-sur-Seine）附近的森林時，我們聽到柯川[13]在收音機裡演奏〈我最愛的事〉（My Favorite Things）。就是在這趟旅程中，肯告訴我他就要回紐西蘭了。那年他六十五歲。我沒問他為什麼，因為我不想聽他說出：他快死了。

我告訴自己，我相信他一定會再回到歐洲。對於這點，他是這樣回答的：紐澳地區，約翰，那裡最好的東西，就是草地！這世界再沒有那麼翠綠的草地。這是四十年前的事了。我始終不知道，他是死於哪一天，死於什麼原因。

在諾維廣場上，在一堆偷來的吹風機，埋了糖漬橘片的蜂蜜麵包，坐在扶手椅中抽菸希望把衣服賣掉的女人，賈谷西雅和她這會兒幾乎已經空了的籃子，必須盡快賣掉吃掉因為無法久放的黑櫻桃，鹽漬鯡魚桶，德瑪姬可（Ewa Demarczky）在CD上唱著她那挑釁歌曲的聲音，在這所有的一切當中，我第一次為他的死感到難過。

我甚至沒轉頭瞥看他剛剛站著的地方，因為我知道他已經不在那裡了。我獨自走著，穿過理髮店，穿過小湯館，穿過那些坐在板凳上的婦人。

13 柯川（John Coltrane, 1926-1967）：美國爵士樂作曲家和薩克斯風樂手，對爵士樂影響極為深遠。

某樣不知名的東西拉著我走回那些鴿子。在我抵達時，一名男子朝我轉過身來，彷彿猜出了我的憂傷——這世界還有哪個國家比波蘭更習慣與憂傷這種情感妥協共處呢?!他把手上握著的那隻信鴿，遞給我，臉上沒有笑容。

牠的羽毛摸起來有點濕滑——像緞子。這些小東西的胸膛中央有條分界線，和貓頭鷹一樣。相較於牠的身形，牠簡直沒有重量。我抱著牠，緊貼胸口。

我離開諾維廣場，詢問了兩名路人，找到提款機。領完錢，我回到米歐多瓦街的小民宿，在床上躺下。天氣酷熱，帶著東歐平原那種不確定的蒸騰熱氣。現在，我可以哭了。然後，我閉上眼睛，想像著，我正在洗一副牌。

4
死者記憶的水果
Some Fruit as Remembered by the Dead

哈密瓜

對我們而言，哈密瓜似乎帶有某種反面的意義，是一種乾旱的水果。在我們穿越枯竭峽谷，或踏行於沙塵平原上的龜裂地土時，若能看見哈密瓜，吃下它，那感覺，直像是從沙漠水井中汲出甘泉。它們是不可能的奇蹟，給我們滿滿的撫慰，但事實上，它們無法真正解我們的渴。即便在它們剖開之前，哈密瓜聞起來就有一種圈住水分的甜味。一種緊緊圈住卻又沒有挨接在一起的味道。但若想要解渴，你需要某種更銳利的東西。檸檬是更好的選擇。

在哈密瓜小巧嫩綠的階段，可能帶有年輕的暗示。不過很快的，這水果會變成一種奇怪的沒有年齡的感覺，永遠不會變老——就像母親之於她們的小孩。哈密瓜的表皮總免不了有些瘢點，這些瘢點像是痣或胎記。這些瘢點和出現在其他水果上的瘢點不同，其中沒有衰老的意味。這些瘢點只是一種證明，證明這顆獨一無二的哈密瓜就是它自己，也永遠是它自己。

沒吃過哈密瓜的人，很難從它的外表想像它的內在。那明目張膽的橙色，一直要到剖開那刻才能得見的橙色，漸漸朝綠色漫去。一大堆籽子躺在中間的凹洞裡，火焰蒼白而潮濕的顏色，它們的位置和簇擠成團的模樣，公然蔑視所有一目了然的秩序感。到處都亮閃閃的。

哈密瓜的味道同時包含陰沉黑暗與陽光燦爛。它以非凡的神奇魔力，將這些相反對立的特質、這些在其他地方都無法共存的特質，結合在一起。

桃子

我們的桃子在陽光下變黑。當然，是一種緋深的紅黑色，但其中黑比紅多：其黑如鐵，在火紅的烈焰中鍛燒過、熟化了，如今已然冷卻的鐵，對它依然蘊藏的熱氣不透露一絲警告的鐵。馬蹄鐵的桃子。

這種黑很少擴散到整個表面。果子在樹上時，有些部位始終庇遮在陰影下，這些部位是白色的，但這白色中帶有一抹青綠，彷彿綠葉們在拋擲陰影的同時，不小心在它的表皮上擦過一指自身的顏色。

在我們那個時代，富裕的歐洲仕女們，耗費無比心力想讓自己的臉龐與身體維持住那樣的蒼白顏色。但吉普賽女人從未如此。

桃子的大小尺寸差距甚遠，大的幾乎可填滿手掌，小的則有如桌球一般玲瓏。當果實遭到碰撞或太過熟透時，小桃子那較為細緻的外皮，會出現微微的皺紋。

那些皺紋經常讓我們聯想起，一隻黝黑手臂彎摺處的溫暖皮膚。

在果實中央，你發現一枚果核，帶著暗棕色的樹皮紋路，以及宛如隕石般的可怕外貌。

野生的桃子，是上帝專為小偷打造的果實。

青梅

每一年的8月，我們都在尋找青梅。它們屢屢教人失望。若不是太生、太澀、太乾，就是過軟、過糊、過爛。很多根本連咬一口嚐嚐都不必，因為單靠手指就能感覺出它們沒有正確的溫度：一種無法在華氏或攝氏裡找到的溫度：一種被陽光包圍的、獨特的冷淡溫度。小男孩拳頭的溫度。

那男孩介於八歲到十歲半，開始獨立的年紀，還沒出現青少年的壓力。男孩把青梅握在手中，放進嘴裡，咬著，果實衝過舌肉奔進喉嚨，好讓他吞下它的承諾。

什麼承諾？某個這會兒他還說不出名字但很快就會確定的東西。他嚐到一種甜味，跟糖不再有任何關係的甜味，而是和一隻不斷抽長，似乎永無止境的肢臂有關。這隻肢臂所屬的身體，唯有當他閉上眼睛才能看到。這身體有另外三隻肢臂，一根脖頸和腳踝，和他的身體很像：只除了它是由裡往外翻的。汁液永不停歇地從這肢臂中流出，他可在齒牙間嚐到它的滋味，一種無名的蒼白樹木的汁液，他稱之為女孩樹。

在一百粒青梅中，只要有一粒能讓我們喚起這記憶，就已足夠。

櫻桃

櫻桃有一種獨特的發酵氣味，是其他水果所沒有的。直接從樹上摘下的櫻桃，嚐起來像織了陽光花邊的酵素，那滋味，與光滑閃亮的櫻桃外皮恰好互補。

吃著已經採下的櫻桃，哪怕才剛採下一小時，你會嚐到其中混雜著櫻桃自身的腐敗滋味。它那金紅發亮的色彩中，總帶著點些微的棕色：由內部使它軟化、分解的棕色。

櫻桃的新鮮，不在於它的純淨飽滿，像蘋果那樣，而在於它的發酵泡沫帶給舌頭的那種幾乎察覺不到的輕微刺癢。

櫻桃的小巧模樣、晶瑩果肉和脆弱表皮，與櫻桃核是那樣格格不入。吃櫻桃時，你從來無法習慣果核的存在。當你把果核吐出，感覺上那果核似乎和包覆它的果肉毫無關聯。它更像是你身體的某種沉澱物，因為吃櫻桃這個動作而神祕形成的沉澱物。每吃一粒櫻桃，就吐出一粒櫻桃牙齒。

嘴唇，與臉上其他部位截然不同的嘴唇，和櫻桃有著同樣的色澤，以及同樣的延展性。它們的表皮都像是某種液態表層。探求著它們的毛細曲面。我們的記憶正確嗎？或這只是死者在誇大其辭呢？讓我們做個測試吧。拿一粒櫻桃放進嘴裡，先別咬破，感覺一下它的密度、它的柔軟、它的彈性，與含著它的嘴唇是多麼貼合啊！

梅李

深色、小巧，橢圓如卵的梅子，不比人類的眼睛長上多少。當它們9月在枝頭上成熟時，有如在簇葉之間閃閃眨爍。梅李。

成熟時，它們的顏色是帶黑的紫，但是，當你將它們捏在手中用指尖搓摩，會發現它們的表皮上有一層白霜：藍色木頭煙霧的白霜。這兩種色彩讓我們同時想到溺水與飛翔。

黃綠色的蒼白果肉既甜且澀，它的味道是鋸齒狀的——像是沿著小鋸子的刀身輕柔滑動你的舌。梅李無法散發如同青梅一般的誘惑力。

梅李樹慣常種在住家附近。冬天，透過窗戶往外看，每天都可瞧見鳥兒們在它的枝椏上覓食、聚會、棲息。鳴雀、知更、山雀、麻雀，以及一隻偶爾擅自闖入的喜鵲。春天來臨，同一群鳥兒會在花朵綻放之前，攀上梅李枝頭引吭高歌。

還有另一個原因，讓它們成為歌之果實。從裝滿發酵梅李的桶子中，我們蒸餾出非法的燒酒（gnôle），梅子白蘭地，李子酒（slivovitz）。而幾杯閃閃發亮的梅子白蘭地，總會慫恿我們不知不覺地唱起愛情之歌、孤獨之歌，以及，忍耐之歌。

5
伊斯林頓
Islington

近二十五年來，伊斯林頓[1]自治區變成一個相當時髦的地方。不過回到1950和1960年代，在倫敦市中心或西北郊區說出伊斯林頓這名字，只會讓人聯想起一個遙遠又帶點可疑的地區。儘管伊斯林頓的地理位置離市中心很近，卻是一個貧窮並因此讓人感覺不太舒服的地區，看著這樣一個地方，被那些成功人士的美夢幻想推展到今天這般改頭換面的境地，真是一件有趣的事。紐約的哈林區是另一個明顯的範例。對今天的倫敦人來說，伊斯林頓比起從前可是近多了。

四十年前，當伊斯林頓還是個偏僻小鎮時，賀伯在那裡買

1　伊斯林頓（Islington）：大倫敦地區中北部的一個自治區，山丘地形，攝政運河（Regent's Canal）穿越該區，南端鄰接芬斯伯里公園（Park Finsbury）。該區是倫敦的主要水源地，十七、十八世紀時因為該地的鄉村風光和著名的酒吧而成為倫敦人喜愛的休閒度假地。十九世紀初開始，拜馬車巴士引進之賜，該區出現最大規模的住宅擴建潮，興建了許多時髦的住宅和廣場，希望吸引倫敦城內的辦公職員、專業人士和藝術家進駐。然而十九世紀中期，由鄉村大量湧進倫敦的窮人佔據了該區，他們多半是鐵路工人或倉庫碼頭營建工，原先那些時髦的喬治住宅淪為多戶共同居住

了一間小小的連棟式房屋，狹窄的後花園一路往下滑降到運河邊。那時，他們夫妻都是藝術學校的兼職老師，手上沒什麼多餘的錢。不過，那棟房子非常便宜，便宜到不行。

他們搬到伊斯林頓去了！那時，一位朋友這樣告訴我。這消息，有點像是深秋的下午，給人一種白日時光明顯縮短的淒涼之感。裡面有種無法贖回的東西。

之後不久，我就搬到國外居住。這些年來，偶爾去倫敦時，我和賀伯都是在一位共同的友人家碰面，我從沒去過他伊斯林頓的家，一直到三天之前。1943年時，賀伯和我是倫敦一所藝術學校的同學。他學織品設計，我唸繪畫，不過我們一起修了一些課程：人體素描、建築史、人體解剖。

他那種近乎挑剔的固執讓我印象深刻。領帶永遠繫得好好的。看起來活像個十九世紀的書籍裝幀師。他總是處在一種悲傷憤慨的狀態，不斷被那些周而復始的現代蠢事給激怒。他的指甲總是清得很乾淨。那時，我老穿件浪漫派的黑色長大衣，看起來像個馬車夫——也很十九世紀。我用我能找到的顏色最深的炭筆畫素描，當時正在打仗，想要找到這樣的炭筆可不容易——1941和1942那兩年，誰有那個美國時間去燒木炭呢？有時候，我會偷拿一根老師的庫存貨；有兩種偷竊行為是正當

的寄宿屋，該區自此走向長期沒落的命運，對二十世紀中期的倫敦人而言，該區可說是破敗貧窮的代名詞。1960年代之後，一些中產階級家庭重新發現了該區的喬治式坡地街巷，陸續搬遷進來，使該區逐漸轉型為新興成功人士的時髦住宅區，新工黨的核心分子尤其是其中的大宗，包括英國首相布萊爾都曾居住過該區。英國左派報紙《衛報》曾將該區形容為「英國左翼知識分子的精神之家」。根據英國小說家尼克・宏比（Nick Hornby）著作改編的電影《非關男孩》（*About A Boy*），就是在該區拍攝。

合法的：餓肚子的人偷取食物，以及藝術家偷取創作所需的基本材料。

毫無疑問，我們兩人都對彼此充滿猜疑。賀伯八成覺得我的感情過度外顯，輕率指數已達到裸露狂的程度；對我而言，他則是個守口如瓶的菁英分子。

儘管如此，我們還是會彼此傾聽，有時也會一起喝杯啤酒或分食一粒蘋果。我們都很清楚，在其他同學眼中，我們兩個都是神經狂。因為我們像瘋子一樣，不管任何時候，只要有可能，就會發狂似地投入工作。沒什麼事能讓我們分心。賀伯拿出小提琴家為樂器調音那樣仔細而敬謹的動作，為他的模特兒素描；我則像廚房裡的小男孩把番茄、起司胡亂丟到披薩上等著送進烤箱那樣劈啪畫著。我們的做法南轅北轍。不過，在每個小時的暫停時間，模特兒休息去了，整間畫室只有我們兩人留在那裡，繼續工作。賀伯通常在修他的畫，讓畫面達到一種平靜的感覺。而我，則往往是在把畫毀掉。

三天前，我按了他伊斯林頓家的門鈴，他打開前門，滿臉笑容地迎接我。他把左手高舉過頭，擺出一種介於歡迎、敬禮和騎兵軍官下令衝鋒的姿勢。沒人比賀伯更沒軍事味。但此刻的他卻是一名指揮官。

他的臉容憔悴，看起來像是刮鬍子刮得太過乾淨而顯得很痛。他穿一件皺巴巴的燈芯絨長褲，一條黑色寬皮帶鬆垮垮地繫著，差不垂到褲袋的位置。

來得正好，他說，水剛剛煮滾。他在這兒停了下來，等著我說點什麼。

真是好久不見啊，我說。

這會兒，我們正在站在一小段階梯的頂端。

你喜歡哪種茶呢：伯爵、大吉嶺或綠茶？

綠茶。

最健康的一種，他說，我每天都喝。

客廳裡堆滿地毯、靠墊、物件、腳凳、瓷器、乾燥花、收藏品、版畫、水晶玻璃瓶、畫作。很難想像這裡還能擺下任何新的東西，任何比明信片大的新東西，根本沒剩半點空間。不過同樣也很難想像，可以把哪樣東西丟掉好騰出新的空間，因為每樣東西都是這些年來他用同等的愛與關注去發現的、挑選的、安置在這裡的。沒有哪枚貝殼、哪只燭臺、哪個時鐘或哪把凳子特別醒目或特別礙眼。他指著壁爐旁一張攝政時代的椅子，表示我應該坐那兒。

我問他，掛在門旁邊的那張抽象水彩畫是誰畫的。

那是關的作品之一，賀伯說。我一直很喜歡這幅畫。

關是他的妻子，版畫老師，十二年前去世了。她是個害羞嬌小的女人，喜歡穿粗革皮鞋，看起來像個鱗翅類昆蟲專家。不管身在何處，就算是在戰時倫敦的巴士裡，只要她把手舉到空中，我彷彿就能看見蝴蝶停在上頭的畫面。

賀伯從一把銀壺裡將茶注入門邊桌子上的一只德比夏（Derbyshire）茶杯，然後，像航船似的繞行過眾多家具穿越客廳把茶送到我手上。我很好奇，他是不是給這屋子裡的每個房間都畫了一張航海圖，就像在大海上那樣。我已經注意到，一樓的餐廳和客廳一樣堆滿了東西。

我做了些小黃瓜三明治，想來一塊嗎？他問道。

謝謝。

我有個姑媽，他說，對於茶會邀約她始終堅守兩大原則。一，小黃瓜三明治和海綿蛋糕是必備茶點；二，客人必須堅持在六點之前離開，並成功做到這點……

我聽見身後架子上的鐘擺滴答聲。這房間至少有四座鐘。

我想問你一個學生時代的問題，我說。你還記得有個女孩子，和我們同年，唸的是劇場服裝？經常跟著柯蕾特到處跑。

柯蕾特！賀伯重複道，我很好奇她現在變成什麼模樣？以前，她每個禮拜都會穿新衣服過來，記得嗎？上面常常還別著大頭針。

她常常和柯蕾特一起待在她房間，在基德福廣場（Guildford Place），我說。那些房間在二樓，可以俯瞰柯倫兒童遊樂場（Coram's Fields）。她長得不高，塌鼻子，大眼睛，有點胖胖的。不愛說話。

柯倫遊樂場啊，賀伯說。前幾天，我才在某個展覽的一張畫作裡看到。是一個年輕畫家畫的，叫史提法諾（Arturo di Stefano）。很熱很熱的一天，孩子們在游泳池邊玩水。充滿童年的永恆時光——如果可以這麼說的話。

那時還沒有游泳池，我說。只有用木板搭的露天音樂台，還有高聳參天的樹木，在每天早上我們朝窗外眺望時，由上而下的俯瞰著我們。

我想我沒去過柯蕾特那裡，賀伯說。

那你知道我講的是誰嗎？

是寶琳嗎？和喬談過戀愛的那個，那個裱框匠。

不是，不是，是黑頭髮的，又黑又短的頭髮！牙齒很白。有點冷淡高傲的樣子，老翹著鼻子走來走去。

你說的不是珍妮吧？

珍妮很高！我說的那個矮矮的，圓圓的，嬌小型。她習慣回家過週末，她家在一個時髦的地區，像是紐伯里[2]之類的。是紐伯里吧？總之，她喜歡馬。

你為什麼想知道她的名字？

我一直想記起她的名字，想了好久，可是就是想不起來。

是普莉希拉嗎？

她的名字是很普通那種，可我偏偏想不起來，就是這樣才奇怪。

也許她嫁人了，藝術學校的學生大部分都在那段時間結婚了，婚後她娘家的姓也跟著改了。

我只想知道她的名字。

你想打聽她現在的下落嗎？

以前，6月的每個禮拜一，她都會帶來鄉下的新鮮草莓，分給全班。

也許她已經死了，別忘了這點！

是啊，現在已經剩沒幾個人可以讓我問了，就是這樣我才來找你。

沒錯，真是不幸的事實。我們的確是少數還活著的。她的作品如何？

2 紐伯里（Newbury）：英格蘭南部的商業市鎮，距倫敦約一小時車程，以馬賽聞名。

乏味。不過，只要她一走進房間，你立刻就知道她有一種風格。她閃閃發亮。她什麼也沒說，但就是閃閃發亮。

我始終認為，風格是好幾種天份的遺產。如果只有單一種天份，不管那天份有多高，還是無法產生風格感。我吃藥了嗎？講太多了。

我沒看到你吃。

我希望我能幫你想起她。但恐怕沒辦法。她已經消失在我的腦海裡。

那個時代沒人戴帽子，但她戴！她戴一頂好像準備去參加賽馬會的帽子！斜斜地罩在後腦勺。

他沒說話。我讓他想。沉默延續著。賀伯很容易陷入沉默——彷彿生命是懸在一根細線上，一不小心就會讓胡言亂語給扯斷。在這沉默中，我可以感覺到，自從關死後，他們兩人先前在這間房子裡建立與維繫下來的那些標準，絲毫都沒改變。這房間依然是之前的那一個。

我們上樓吧，他終於開口，我帶你去看聖保羅大教堂，我臥室的陽台視野很棒。

我們慢慢爬上樓。他的腰桿挺得筆直。在樓梯的第一個轉角平台處，他停下來，說道：這座陽台是在1840年代蓋的，這些房子原本是為在倫敦內城工作的辦公職員設計的。你知道嘛，窮人的喬治式建築。但是沒有成功。不到一代人的時間，這些房子全都淪為寄宿屋，每一層樓分租給一名房客或一對夫妻。這種情形維持了一百年。當我們在四十年前搬來這裡時，對街的房子甚至連電都沒有。只有瓦斯燈和煤油燈。

樓梯旁邊的牆壁上，掛了許多織品素描，以及珍貴布料的裱框樣本，有些看起來充滿波斯風味。

在我們買下這棟房子之前，它是一間妓院，專門服務從北方運送貨物到倫敦的卡車司機。你進來浴室看看。有看到那面美人魚鏡子吧？那些承租戶把它留在樓下的浴室，關則堅持要保持原狀。有時，我會在裡面看到碧雅翠斯，關就笑說，碧雅翠斯正在跟你揮手呢！碧雅翠斯是這裡的一名妓女，客廳有扇窗戶的窗板上就刻了她的名字。

賀伯伸手將浴室牆上的那面鏡子扶正，我從鏡中瞥見他的臉，同時想起了他年輕時的模樣。也許是因為鏡面上布滿瘢痕、看不太清楚，這才讓他眼中的表情變得更加閃亮。

我們剛搬來的時候，手上沒什麼餘錢，於是我們告訴自己，我們恐怕得花上打造一座花園那麼久的時間，來整理這棟房子。我們一個房間一個房間的修，總共有七間，一層一層的修，一年一年的修。

爬到樓上時，賀伯帶我穿過他的臥室，走向通往陽台的落地窗。

小心那些天竹葵！我把它們擺在這裡，方便早上澆水。

味道好濃啊！

血腥老鸛草，他說，拉丁文是 *Geranium sanguineum*。

我摘下一片葉子用力聞。那味道讓我想起她的頭髮。

戰爭期間，肥皂是很稀有的珍貴品，當時也沒洗髮精，除非你有錢去黑市買。所以，那時剛洗好的頭髮聞起來就是頭髮的味道。我還記得，她在那個早上起床之後，洗了她的頭髮。那是個暖熱夏日，窗戶全開著。她用一只搪瓷水罐把水注入搪瓷洗手槽，在那洗頭。柯蕾特的公寓沒熱水。然後，她走回來，頭上纏著一條毛巾，此外別無他物，她在床上坐下，挨著我，直到頭髮晾乾。

聖保羅大教堂，賀伯說，是無與倫比的！而且根據紀錄，只花了三十五年就建造完成！1666年倫敦大火後的第九年開始動工，1710年完竣。那時雷恩（Christopher Wren）還活著，親眼目睹了他所設計的這座傑作的落成典禮。

他幾乎逐字逐句地背誦出當年我們在建築史課堂上被迫要

牢記在心的那些內容。我們也被迫去到那座教堂前面，畫下它。聖保羅大教堂毫髮無傷的躲過了多次空襲，因此成了偉大的愛國主義紀念碑。邱吉爾就是在它前方拍攝演講影帶。當年，我在畫它的建築細部時，還在後方的天空中加入「噴火式」戰鬥機！

我們的第一次，並非出自我或她的選擇。我在晚課結束後去找柯蕾特。我們喝了一些湯。三人聊天聊到很晚。空襲警報突然發布。我們關了燈，打開一扇窗戶，注視著探照燈掃過柯倫遊樂場的樹木上空。攻擊者似乎沒有特別貼近我們。

睡這兒吧，柯蕾特提議。總比出去冒險好。我們三個人都可以睡在這張床上，床很大，夠睡四個人。

我們真的這樣做了。柯蕾特靠牆睡，她睡中間，我睡最外面。我們脫了大部分的衣服，但並未全裸。

醒來時，柯蕾特正在烤土司，一邊把茶倒進杯子裡；她和我則四肢交纏，緊緊相黏。這沒嚇到我們，因為我和她都意識到某件更令人驚訝的事：那個晚上，我們在彼此的性慾中入睡，不是為了滿足它，或否認它，而是順從著一種直到今天依然很難命名的欲望。沒有任何臨床敘述符合那欲望。也許它只會發生在1943年春天的倫敦。我們發現，我倆的手臂擺出一種一起離開的姿勢，一種流放他鄉的姿勢。我們像正在滑雪或滑滑板（只不過滑板在當時還不存在）那樣把彼此結合在一起。目的地並不重要。每一次出發，都是為了前往性感之帶。我們用每一回的舔噬把距離餵養給彼此。肌膚相觸的每個部位，全都許諾了一條地平線。

我退回賀伯的房間，注意到這裡不同於其他房間。角落裡有張雙人床，但賀從沒睡在上頭。這房間是臨時性的——好像還處於前十年的模樣。賀伯曾臨時安頓在這裡。牆面上覆滿了各種植物和花朵的影像——沒裱框的畫、素描、攝影、從書上撕下的紙頁，它們密實實地接合在一起，看起來幾乎與壁紙無異。很多是用圖釘釘在一起，我想他一定經常重組這些影像。除了床下的拖鞋和邊桌上的一堆藥品之外，這裡看起來像個學生房間。

他注意到我在看那些影像，於是指著其中一幅素描，也許是他自己的作品：很怪的花，對吧？像一隻陶醉歡唱的小歌鶇的胸膛！這花源自於巴西。英文名字叫做馬兜玲。拉丁文是：*Aristolochia elegans*，優雅的雅莉絲托洛琪雅。李維史陀（Lévi-Strauss）曾經在某個地方提過植物的拉丁名稱。他說，拉丁名稱讓植物具有人格。馬兜玲只是物種名稱。優雅的雅莉絲托洛琪雅則是一個人，單一而獨特。假如你的花園裡有這種植物，在它死去時，你可以用它的拉丁名字為它哀悼。如果你只知道它是馬兜玲，你就不會這樣做。

我站在落地窗旁邊。我該把它們關上嗎？我問。

是的，麻煩了。

你睡覺時都會把落地窗關上嗎？

真有趣，你是該問這個問題的，因為最近這問題變得有點麻煩。從前，答案很簡單——我讓它們整晚開著。現在，上床前，我會把它們打開。這屋子很窄，只要所有窗戶關上，立刻會像窒息一般無法呼吸。有天晚上，我想到當初住在這棟新房子裡的那些辦公職員。和我們比起來，他們的生活空間是那樣的狹小。侷促的辦公室、侷促的馬車巴士、侷促的街道、侷促的房間。然後，在凌晨天亮之前，我會爬起床，走過去把窗戶關上，這樣，當街道於清晨醒來時，房間裡依然是安靜的。

你很晚睡嗎？

我起得很早，很早。我想，我把窗戶關上，是因為在每一個新的一天來臨時，我需要某種保護。因為有些時候，我需要平靜的清晨，這樣我才有辦法去面對它。每一天，你都得決定不讓自己被擊敗。

我懂。

是嗎？約翰，我有點懷疑。我是個孤獨的人。來，我帶你去看花園。

我從沒看過這樣的花園。裡面種滿了灌木、花朵、矮樹，每一株都長得欣欣向榮，但它們種得非常之密、非常之緊，陌生人根本無法想像可以從它們當中穿走過去。一條單向小徑斜降至運河邊，小徑狹仄異常，只能側著身子走下去。不過，這裡的簇葉密度並非叢林的密度，而像是闔上的書本的密度，你必須一頁一頁去讀它。我認出米迦勒雛菊、冬茉莉、粉撲錦葵[3]，還有緊鄰小徑、名為「仕女蕾絲」的綬草，以及一種葉形如舌的香茅植物，它們全都以一種居住在對方空間裡的方式成長著，並以這樣的方式安置自己。每一片葉子都在它鄰近葉片的旁邊、或下面、或上方、或之間、或周圍找到了一個位置，可以接收光線，可以隨風彎折，可以探查它的自然方向。那座無法穿越的花園大概就是像這樣。

我們剛來時，這裡什麼也沒有，賀伯說，甚至連草也沒有。長年以來，這裡都被台地上的所有住戶當成垃圾場。妓院背後的垃圾場。幾個舊浴缸，一只瓦斯爐，解體的平底船，發臭的兔子籠。嚐嚐這些葡萄。

3 粉撲錦葵：即重瓣木劍錦葵（Double yellow hollyhock）。

他快步走向攀爬在磚牆上的一株葡萄，這道磚牆隔開了他和鄰居的花園。他在每串葡萄上套了一只塑膠袋，以免鳥兒啄食。他將一隻長手伸進其中一只塑膠袋，然後，用手指摘下一些白色的小葡萄，帶著雲紋的蜂蜜顏色，擱在我的手掌心。

下一次，當我去基德福廣場上的柯蕾特公寓時，打從一開始我就知道，我將在那裡過夜。柯蕾特睡在第二個房間的另一張床上。我脫掉所有衣物，她穿上寬鬆的繡花睡衣。我們和上回一樣發現同樣的事情。只要結合在一起，我們就可以離開。我們從骨骼到骨骼，從大陸到大陸地旅行著。有時我們會講話。但不是句子，也非愛語。而是部位和地方的名字。脛骨（Tibia）和廷巴克圖（Timbuktu），陰唇（Labia）和拉普蘭（Lapland），耳洞（Earhole）和綠洲（Oasis）。部位名變成暱稱，地方名則是通關密語。我們不是在作夢。我們只是變成我們兩具身體的達伽瑪[4]。我們對彼此的睡眠進行最親密的關注，我們從未忘記彼此。當她熟睡時，她的胸膛像在衝浪。你把我拉到谷底，有天早上她這樣告訴我。

我們沒變成愛人，我們甚至連朋友都不是，我們沒什麼共同點。我對馬沒興趣，她對新聞自由不關心。在藝術學校交錯而過時，我們無話可說。但這並不困擾我們。我們交換輕吻，

4 達伽瑪（Vasco da Gama, 1469-1524）：葡萄牙探險家，也是歷史上第一位從歐洲航海到印度的人。

在肩膀或頸背，但從不在嘴唇，我們繼續各走各的路，就像一對老夫婦恰巧在同一所學校工作那樣。然而黑夜一旦降臨，只要我們有時間，我們就會碰面做同一件事：在彼此的臂膀中度過整晚，像這樣，離開，前往他鄉。一而再地不斷重複。

賀伯正在將一大把開黃花的蔓莖用拉菲草綁到棚架上，雙手微微地顫抖著。

變冷了，賀伯說，我們進去吧。

他關上我們身後的門，上了鎖。

這是我的工作室——他朝一張大型木頭工作台和它前方的一把椅子點了點頭。這禮拜，我要把從花園收集來的種子裝進小袋子裡，然後給每個紙袋貼上正確標籤，寫上種子的一般名稱和拉丁學名。偶爾，我得在植物標本集裡尋找拉丁學名，我的記性不如從前了，不過值得安慰的是，這種情形目前還不常發生。

這些袋子是要幹嘛的？我問。

我要寄出去。每年秋天我都會這樣做。看這裡。黑種草，霧中之愛（Love-in-a-mist）。*Nigella damascena*。二十四袋。

你是說你在賣這些種子嗎？

我把它們送人。

這麼多！這裡有幾百袋吧！

有一個自稱為「茂盛」（Thrive）的組織，專門把種子分送給需要的人——老人之家、孤兒院、收容中心、臨時難民營，讓那些通常看不到花朵的地方能有繽紛的生命。當然啦，我知道，這無法改變什麼，但最起碼總是一份心力。對我而言，那是分享園藝之樂的一種方式。是一大滿足。

一開始，我的再次勃起有些渙散，有一次，她為這情形命名——我們叫它倫敦！她說，它佔了位置，變得沒那麼緊急——或不像她的汗水、她的圓潤雙膝或她屁眼裡的黑色鬈曲毛髮的潮濕蕨類氣味那麼緊急。毛毯下的每一個動作，都將我們帶往他鄉。在他鄉，我們發現了生命的真實大小。日光下的生命，往往顯得渺小。例如，在古典課堂上為羅馬雕像的半身石膏像畫素描時，生命似乎非常渺小。在毛毯下，她用腳趾搔摩我的腳底，一邊喘喊著「大馬士革」。我用牙齒梳理她的頭髮，一邊嘶說著「頭皮」。然後，隨著我們的種種姿勢變得越來越長、越來越慢，我們聽任對方單獨睡去，兩具身體考慮著彼此所能給予對方的最無法想像的距離，然後我們離開。早上，我們默默無言。我們無法開口。若不是她起身去洗頭，就是我走到床腳窗邊，眺望著下方的柯倫遊樂場，任她把我的褲子丟過來。

我真正的問題，賀伯說，在這些抽屜裡面。

他拉開一層金屬抽屜，抽屜無聲地向我們滑開。雙特大尺寸，專為收藏建築藍圖設計的。抽屜裡裝滿小號的抽象速寫和水彩，感覺它們是來自各個所在。也許是顯微鏡下的所在，也許是銀河的所在。路徑。場所。通道。障礙物。全是以流動的塗面和曲折的線條所構成。賀伯輕輕推了一下抽屜，它隨即滑回軌道。他拉出第二層抽屜——一共有十二層這樣的抽屜——這回，裡面裝的是素描。用硬鉛筆畫的，雜亂而複雜，充滿急速的運動，彷彿你正望進飛雲或流水。

我該拿它們怎麼辦？他問。

是關畫的？

他點頭。

如果我把它們擺在這兒，他說，等我死後它們就會被扔棄。假使我從中挑選一些我覺得最好的保存下來，那剩下的那些該怎麼辦？燒掉嗎？送給藝術學校或圖書館？它們沒興趣。關活著的時候，從來沒為她自己建立名聲。她只是單純地對畫畫充滿熱情，對於如何在她的表達中「抓住它」充滿熱情。她幾乎天天畫。她已經丟了一大堆。擺在這些抽屜裡的，都是她希望能保留的。

他拉開第三個抽屜，猶豫著，然後用他微微顫抖的手，挑出一張不透明水彩，舉起來。

很美，我說。

我該怎麼辦？我一直把這件事拖著。要是我什麼也沒做，它們全會給扔掉。

你必須把它們放進封套裡，我說。

封套？

對。你幫它們分類。你可以發明任何你喜歡的系統。根據年份、顏色、喜好程度、大小、心情。然後在每個大封套上，寫下她的名字，還有你建立的分類名稱。這會花上不少時間。一張都不能弄錯。接著在每個封套裡按照順序放入畫作；輕輕地在每張作品後面註記號碼。

要根據什麼順序呢？

我不知道。你會找到的。有些畫作看起來就該是最早出現，也總會有最後一幅，不是嗎？順序自然會跑出來的。

你認為，做這些封套有什麼差別？

誰知道呢？但無論如何，它們會比較幸福。

你是說畫嗎？

對。那樣它們會比較幸福。

樓上客廳的鐘響了。

我得走了，我說。

他領著我往前門走。然後他打開門，轉過頭，用取笑的眼神看著我。

她的名字是不是奧黛麗？

奧黛麗！是，沒錯，就是奧黛麗！

她是個有趣的小東西，賀伯說。她讓我想到好幾個名字，就是因為這樣，我才無法立刻把她對上去。她和我們一起的時間不長。沒錯，她總是戴帽子，你是對的。

他隱約地微笑著，因為他看出我很開心。我們互道再見。

奧黛麗和我所共享的那種無以名之的欲望，最後以一種難以理解的方式結束，就像它開始的時候：說它難以理解，只是因為我們兩人都沒去尋求解釋。最後一次我們睡在一起時（雖然我不記得她的名字，但我可以毫不猶豫地說出，那是個6月天，她的雙腳因為穿了一整天的涼鞋而沾滿灰塵），我爬上窗台，把燈火管制簾的木框拆下，好將窗戶打開，讓更多空氣進來。窗外灑著月光，柯倫遊樂場的所有樹木都看得一清二楚。我用充滿期待的愉悅心情仔細看著它們，因為再過一兩分鐘，我倆就可以撫遍對方身體的每寸肌膚，展開我們的夜晚之旅。

我連走帶跑地鑽上床躺在她旁邊，她二話不說地將背轉向我。在床上，有一百種將背轉開的方式。大多數是邀請，有些則是倦怠。然而這一回，毫無疑問是拒絕。她的肩胛骨變成了武裝的金屬板。

我因為太思念她而無法入睡，而她，我猜，是假裝睡著。我也許曾和她爭論，或開始親吻她的頸背。然而那不是我們的風格。我的茫然困惑一點一點離開，而我感到非常欣慰。我轉開我的背，讓那裡孕育出一種感謝，感謝所有在這些破碎的春天裡發生在這張床上的事。就在這時，一顆炸彈落下。落點很近，我們聽到柯倫遊樂場另一邊的窗戶在顫抖，更遠的地方，在嚎叫。我倆都沒開口。她的肩胛骨鬆懈下來。她的手尋找著我的手，我們滿心感激地躺在床上。

隔天早上我離開時，她甚至沒從咖啡碗中抬頭看我一眼。她緊盯著咖啡碗，就好像她在幾分鐘前剛剛決定，這是她必須做的，我們兩人的未來人生，就取決於此。

賀伯站在門道上，左手舉到頭旁，做出下令軍隊散開的手勢。他的臉虛弱但無法征服。天色漸漸暗去。

我會接受你提的封套建議，他在身後朝我喊著。

我順著馬路、穿過其他連棟房屋，往下走。

你在睡夢中喊過我許多名字，奧黛麗挽著我的臂膀時說，我最喜歡的是奧斯陸。

奧斯陸！我重複著，我們轉進上街。然後，她將頭枕在我肩上，告訴我，她死了。

你是在初雪的韻律中喊出這名字的，她說。

6
亞克橋
Le Pont d'Arc

時序2月。夜裡微霜。白日攝氏二十一度。萬里無雲的天空高懸在阿爾代什[1]東岸的沃蓋（Vogué）小村上。水聲淙淙流過，打磨、推移著溪石。這條滿是漩渦、激流、在陽光下泛著金屬色澤的河流，不及二十公尺寬。它的猛烈拉力，像是一隻幻想中的狗兒要求你帶牠去散步。一條惡名昭彰的善變河流，它的河面可以在三小時內暴漲六公尺。有人告訴我，水裡有狗魚，但沒河鱸。

我看著上游的鳥，俯衝過銀色水面。今晨稍早，我在石灰岩壁下的教堂為安做了祈禱。她是我朋友西蒙的母親，正在劍

1 阿爾代什（Ardèche）：法國中南部的一個省分，因穿越該省的阿爾代什河命名。該河在當地切割出歐洲最大的天然峽谷，峽谷崖頂的天然洞窟中，自新石器時代起便是人類的重要居住地，尤以保存了精采壁畫的蕭維（Chauvet）洞窟最為知名。

橋的一幢花園房舍中等待死神降臨。如果可以，我想把阿爾代什的聲音送給她，連同它那堅定不移但不甚精準的承諾。

阿爾代什的河水在下維瓦黑（Bas Vivarais）高原沖刷出許多洞窟，打從無法記憶的遠古時代，這些洞窟就為勇者們提供庇護所。來這的路上，我讓一名里昂人搭了便車，他是個「身無分文但手上有大把時間」的人。我猜他丟了工作。他從1月開始走遍這塊地區，晚上就睡在他能找到的任何洞窟裡。明天，在三十公里順流而下的路程之後，我將拜訪蕭維洞窟，該洞窟於1994年重新發現，是上個冰河時代之後的第一回。在那兒，我將目睹世界上最古老的洞窟岩畫，比拉斯科[2]或阿爾塔米拉[3]的壁畫早上一萬五千年。

在上一個冰河時代相對溫暖的一段時期裡，這裡的氣溫大約比今日低上攝氏三至五度。樹種只限於白樺、赤松、檜樹。動物包括許多今天已告絕種的類屬：猛瑪、大角鹿、沒鬃毛的洞獅、三公尺高的原牛和熊，還有馴鹿、野山羊、小野牛、犀牛和野馬。遊牧的打獵採集人口稀稀落落地分布，大約二十至

2 拉斯科（Lascaux）：位於法國西南部多敦（Dordogne）河谷區的新石器時代洞穴，洞穴中布滿西元前一萬五千到一萬三千年前的精采動物壁畫。該洞穴是在1940年由四名青少年意外發現，比蕭維洞窟早了半個多世紀。

3 阿爾塔米拉（Altamira）：位於西班牙東北部巴斯克地區的新石器時代壁畫洞穴，壁畫繪製時間約和拉斯科洞穴相當。該洞穴於1879年由一名業餘考古學家發現，是最早發現的新石器時代壁畫洞穴遺址之一。

二十五人構成一個群聚單位。新石器時代學者稱他們為克魯馬農人（Cro-Magnon），一個疏離的術語，但其實他們與我們之間的距離，可能比我們想像的要小。沒有農業，沒有冶金。但有音樂和珠寶。預期的平均壽命為二十五歲。

活著的時候，他們對友伴的需求和我們一樣。然而，克魯馬農人對「我們在哪裡」這個最初也最永恆的人類問題的回答，卻和我們不同。遊牧民族尖銳地意識到自己是少數，動物的數量壓倒性地超過他們。他們並非出生在星球上，而是出生在動物的生命**之中**。他們不是動物的飼養者：動物才是他們周遭世界和四面宇宙的看守者，而且這世界和這宇宙永無止境。在每一條地平線後面，都有更多動物存在。

但與此同時，他們又和動物截然不同。他們懂得用火，因此可以在黑暗中有光。他們可以在某段距離之外殺死對象。他們用雙手造出許多東西。他們為自己製作帳棚，用猛瑪的骨頭撐立起來。他們說話。他們會計算。他們會取水。他們以不同的方式死去。他們之所以能豁免於成為動物，乃因為他們是少數，因此，動物們可以原諒他們的這項豁免。

阿爾代什峽谷從亞克橋（Le Pont d'Arc）開始，橋下那座三十四公尺高、幾近完美勻稱的圓拱，是由河水本身切鑿而成。河的南岸矗立著一塊高聳裸露的石灰岩，它那由風霜催化的側影，彷彿一名披著斗篷的巨人，正邁開大步朝橋走去，想要穿越對岸。雨水在他身後的岩石臉上，塗抹了黃紅色斑——赭石和鐵氧化物。倘若巨人想要過橋，他將發現，他的龐然身軀立刻就會撞上對面的山壁，然後在對面山壁的頂端附近，他將發現蕭維洞窟。

橋與巨人，在克魯馬農人的時代就已存在。唯一的差別是，三萬年前，在洞窟壁畫初剛繪下之際，阿爾代什河一路蜿蜒到岩壁山腳，而我正在攀爬的這條天然步道，當年則是由一群接一群的動物定期往下奔越，去飲河裡的水。這洞窟像個戰略要地似的安置在那，神祕地安置在那。

克魯馬農人懷著恐懼與驚詫生活在一個「抵達」（Arrival）的文化，面對一重又一重的神祕。他們的文化持續了將近兩萬年。今日的我們則是生活在一個「離開」與「進步」的文化，到目前為止，這文化只走了兩三百年。今日的文化不再面對神祕，而是不斷試圖要超越神祕。

靜寂。我熄掉頭燈。黑暗。在黑暗中，靜寂成了百科全書，將發生在過往與現在之間的所有一切，凝結濃縮。

在我前方的一塊岩石上，有一串方形紅點。那紅色的鮮活程度教人吃驚。宛如氣味那樣當下而直接，或像是6月傍晚太陽開始落降時的花朵色彩。這些紅點，是用紅色氧化物顏料塗在某隻手的掌心，然後按壓在岩石之上。凌亂解體的小手指指認出每隻獨特的手，在洞窟裡的其他地方，可以看到同一隻手的其他印紋。

另一塊岩石上，類似的點紋，積疊成一個橢圓形，像是野牛的側影。手的記號填滿了這隻動物的身體。

在女人、男人和小孩（洞窟裡有一個大約十一歲小孩的足印）抵達之前，以及在他們離開去尋找食物之後，這個地方是熊的居所。也許還住了狼和其他動物，但熊是這裡的主人，和遊牧民分享這座洞窟。熊掌的刮痕出現在一面又一面的牆上。腳印告訴我們，這裡曾有隻母熊帶著她的幼熊走過，在黑暗中感應她的路徑。洞窟最大最中央的石室高達十五公尺，在那些熊群冬眠棲息的泥土地裡，還留著無數的縱樂或沮喪。這裡發現了一百五十具熊的骸骨。其中有具骸骨單獨放置在洞穴最深處的某種岩石基座上，或許是克魯馬農人放的。

靜寂。

在靜寂中，場所的範圍和尺度開始重要起來。這座洞窟有半公里長，有些地方寬達五十公尺。然而，幾何性測量並不適用，因為我們乃身處在某種身體的內部。

那些矗立和懸突的岩石，圈圍的牆面，以及分布其上的結核、通道和凹穴，都經由地質學上的成岩作用，在某種程度上肖似於人體或動物體內的器官和空間。它們的共同之處在於，都有著看起來像是由流水創造出來的形狀。

洞窟的顏色也很符合解剖結構。骨頭和腹肚色的碳酸鹽岩，緋紅慘白的鐘乳石，橘色和鼻涕色的方解石石灰華幕和結核。反光的表面宛如被黏液濡濕。

年增月長的巨大鐘乳石（它們的成長速度大約每一百年一公分）看起來像是胃裡的腸，而且，在它們逐步下降的某一點上，那些管狀物令人聯想起一隻微縮版猛瑪的四肢、尾巴和象鼻。由於這樣的參照物很容易消失無蹤，於是，一名克魯馬農畫家，用四條簡單的紅線，把那頭迷你猛瑪帶到眼前。

許多可用來描畫的牆面還沒被碰觸。這裡所描繪的四百多種動物，就像在自然界那樣謙遜地分布著。這裡沒有拉斯科或阿爾塔米拉那樣生動鮮活的展示。這裡顯得更空曠、更祕密，或許與黑暗有著更大的共謀。儘管這些壁畫比拉斯科的早上一萬五千年，然而它們的技法、觀察力和優雅度，都不遜於日後的畫作。看起來，藝術似乎像個可以直立走開的小孩那樣誕生了。創作藝術的能力伴隨著對藝術的需求而生；它們手牽手一起抵達。

我爬進一處杯狀的延伸洞穴，直徑四公尺，在它起伏不平的側壁上，用紅色顏料畫了三隻熊——公熊、母熊、幼熊，如同千萬年後童話故事不斷傳誦的內容。我蹲在那兒，注視著。三隻熊後面跟了兩隻野山羊。藝術家用他木炭火炬的閃爍光芒，與岩石交談。一處突伸的石塊讓熊的前掌帶著它自身的可怕重量向外搖晃，彷彿正在往前跳躍。緊接其後的裂隙，恰好構成野山羊的背部線條。藝術家對這些動物瞭若指掌且親密熟悉；他的雙手可以在黑暗中賦予牠們形象。岩石告訴他，動物

——以及存在於世的其他萬物——住在岩石裡，而他，可以用手指上的紅色顏料說服牠們來到岩石表面，來到它的薄膜表面，用牠們的氣味摩擦它、沾染它。

今日，由於空氣濕度的關係，許多壁畫的表面變得有如薄膜一般敏感脆弱，用條抹布輕易就可去除。因而需要我們敬畏待之。

步出洞窟，重新返回時間快速流逝的風。重新確認名稱。洞窟裡，一切都是當下而無名。洞窟裡存在著恐懼，但這恐懼與一種受保護的感覺維持完美的平衡。

克魯馬農人並未住在洞窟中。他們進入洞窟參與某種儀式，我們至今仍不清楚的儀式。但在某方面，很像是某種薩滿儀式。不論任何時間，洞穴裡的人數從來不曾超過三十人。

他們多常來一次呢？世世代代的藝術家都在這裡工作嗎？

沒答案。也許我們必須以我們的直覺相信：他們來這裡，是為了經驗一些特殊的時刻，那些危險與倖存、恐懼與保護處於完美平衡的時刻，然後把這經驗裝在記憶裡帶走，我們該這樣相信嗎？還有比這更美好的時刻嗎？

蕭維洞窟裡描繪的動物大多鮮活凶猛，但是其中沒有絲毫恐懼的痕跡。尊敬，是的，兄弟般親密的尊敬。正因如此，這裡的每一幅動物影像當中，都有人類在場。愉快滿足的在場。這裡的每一種生物，都像在家一樣自在——一種奇怪的構思，但卻是無可置疑的。

洞窟最底端的石室，以黑色木炭畫了兩頭獅子。近乎真實大小。牠們以側影肩並肩站著，公獅在後，貼著公獅、與之平行的母獅，比較靠近我。

在這裡，牠們呈現一種單獨、不完整（看不到牠們的前腳和後掌，我懷疑，當初根本沒畫）但全然的存在。四周那些面對牠們的岩石，那些呈現自然獅色的岩石，也變成了獅子。

我試圖畫下這兩頭獅子。母獅既在公獅旁邊，用身體摩擦著牠，也在公獅裡面。這種曖昧模稜來自於最熟練的省略技法，兩頭獅子共享一條輪廓線。輪廓線下部的肚腹和胸膛同時屬於兩者——牠們以動物的優雅分享著。

至於其他部位，牠們的輪廓線則是分離的。牠們的尾線、背線、頸線、前額線和口鼻線各自獨立，它們趨近彼此，並在不同的點上背離、聚合、結束，公獅比母獅長了許多。

兩頭站立的動物，公與母，由腹部的單一線條接合彼此的下身，那裡是牠們最容易受傷、同時毛量最少的部位。

我把牠們畫在吸水的日本紙上，選擇這種紙，是因為用黑色墨水筆在上頭畫畫有點難度，而我認為，這種困難或許可以讓我稍稍親近當初用木炭（木炭是在這洞窟裡燃燒製作的）在粗糙的岩石表面畫畫的難度。在這兩種情況下，線條都無法平滑順暢。一個得輕推，一個得誘引。

兩隻馴鹿朝相反方向跨步——東與西。這回牠們沒分享同一條輪廓線，而是彼此疊畫在一起，於是，上層那隻的前腳像是大型肋骨般跨越下層那隻的脅腹。牠們是不可分離的，彼此的身軀緊鎖在同一個六角形裡，上層那隻的小尾巴與下層那隻的茸角押韻，上層那隻酷似燧石刻刀側面的長頭，對著下層那隻的後腿蹠骨吹哨。牠們正在創造單一符號，牠們正在圓圈裡跳舞。

這幅畫面即將完成之際，藝術家放棄了木炭，改用手指沾染濃稠黑色（游過泳後的頭髮顏色）沿著下層那隻的肚腹和垂肉搓磨塗畫。然後，他將泛白的岩石沉積物混入顏料當中，減緩色彩的暴力性，接著對上層馴鹿做了同樣動作。

我一邊畫，一邊問我自己，倘若遵循著馴鹿之舞的可見韻律，我的手是否就能和最初畫下牠們的手一起共舞？

直到今天，在這裡偶爾還可瞧見斷裂木炭的碎屑，那是當初在畫下某根線條時，掉落在地面的痕跡。

蕭維洞窟的獨一無二在於它的全然封緘。最初可讓日光滲入的寬廣門廳，約在兩萬年前塌陷了屋頂。從那之後，一直到1994年，藝術家們與之訴說的黑暗，從洞窟底端掩襲而至，埋葬並保存了他們畫下的一切。

鐘乳石和石筍繼續生長。在某些地方，方解石薄膜如白內障般，遮覆了部分細節。然而絕大部分的作品，依然保有最初那教人驚嘆的鮮活色彩。這種立時而直接的力量，打破了所有的線性時間感。

我爬上一處小懸岩，形狀像胰臟的尖端，上面有兩幅紅色壁畫，約莫是蝴蝶。

我想起在劍橋垂死的安。她的丈夫，西蒙的父親，是考古學教授。很久以前，每年夏天她都在新石器遺址旁紮營。

所以，如果年代正確的話，你眼前的這些壁畫和維倫多夫的石雕女[4]是屬於同一時期嗎？

是的。

假使我的記憶沒有搞鬼的話，我記得那尊雕像是用淡紅色的石灰岩刻的。

它沒搞鬼。

嗎啡讓你頭腦不清。有發現很多燧石斧嗎？

我不確定。大概有一打吧。

4 維倫多夫的石雕女：即所謂「維倫多夫的維納斯」（Venus of Willendorf），1908年在奧地利克倫城（Krems）附近維掄多夫小村發現的一尊新石器時代的女性雕像，高約十一公分，是用赭紅色的石灰岩雕刻而成。

能製作出勻稱的燧石斧，就已經是藝術的開端了。

我正想說這個。

我希望此刻，就現在，安能從她的床上看見這隻紅蝴蝶。

好幾群牲畜頭朝西方。在牠們當中，靠近動物的地方，畫了許多很小、很輕、顯得極其遙遠的動物。

乾季時，一把結實的火，一旦點燃，立刻就會燒遍各地，讓所有觀看者感受到空氣的席捲。

克魯馬農人的繪畫不在乎邊界。它流向該去的地方，沉澱、疊蓋、淹沒已經存在的影像，並不斷改變它所運載的尺度。克魯馬農人究竟是生活在什麼樣的想像空間呢？

對遊牧民來說，過去和未來的觀念乃屈從於**他方**的經驗。某種已經逝去或正在等待的東西，隱藏於另一個他方。

對獵人或獵物而言，生存的先決條件就是把自己藏好。生命取決於找尋遮蔽。萬物皆藏匿。消逝之物乃遁入隱藏之中。而缺席——就像死者離開之後——感覺像是遺失而非放棄。死者隱藏在他方。

一隻公山羊，頂著與身體等長的彎曲犄角，以木炭畫在泛白岩石之上。該如何形容這黑色的痕跡？它是重新確認黑暗的黑，是以線條拉出遠古的黑。牠正走上一道緩坡，牠的步伐纖細、身體圓潤，臉容平坦。每根線條都像拋擲出去的繩索那般緊繃，這畫具有雙重力量，完美地分享著：一是化為在場的動物的力量，以及藉由火炬之光，用手臂和眼睛描繪動物之人的力量。

這些岩畫是在它們所在之處畫下，所以它們可以存在於黑暗中。它們是為了黑暗而畫。它們隱藏在黑暗中，好讓它們具現之物能比所有可見之物更為經久，並因此而承諾倖存的希望，或許吧。

他們畫的東西像地圖，安說。

什麼地圖？

黑暗中的友伴。

他們在哪？

在這，來自他方……

7
馬德里
Madrid

我正在等朋友璜，我想，他可能會遲到。他的雕像就不曾遲到；它們已經到了，神祕地等待著這場會面。璜像個技工一樣在間小車庫裡工作，像躺在汽車底盤下面那樣躺著工作；只有當他從下面爬出來、站起身時，他才會看手錶。我們說好要在馬德里麗池飯店的會客廳碰面。

這裡有許多高大的棕櫚樹，會客廳入口處，是一家酒吧，委拉斯蓋茲[1]。（我懷疑他是不是喝多了。）牆壁、柱子和年代久遠的天花板，全都漆了一種泛白的黃色，不是油漆製造商所謂的象牙色，而是真正大象獠牙的顏色——很接近老牙齒的顏

1　委拉斯蓋茲（Velásquez, 1599-1660）：西班牙十七世紀最偉大的巴洛克畫家，以肖像畫著稱，肖像畫的主角包括皇室貴族與平民織女等。

色。會客廳的天花板高度，像是三隻大象一隻一隻疊站上去的高度。

當你從街上走進來，等那些雙層玻璃門關上之後，你立刻會在這裡感受到一種對於財富的充耳不聞，那種感覺像海洋一樣深沉，不是空洞的寂靜，而是一種隔絕孤立。

鋪滿地毯的寬大樓梯，以及樓上那些附有放大了好幾倍但依然令人滿意的剃鬚鏡——為了完成這項挑戰，光學實驗室八成在這裡工作了好幾個月——的套房和臥室，全都散發著明白可見的寧靜感。會客廳裡雖然有些交談的人群，但他們的聲音是啞的，就像那兩位端著托盤、托盤上擺滿香檳酒杯的侍者的手一樣，有雙手套罩住它們。他們戴著是白手套。

晚宴的第一批客人剛抵達。這場晚宴是為了開展委內瑞拉的新經濟，據說，該國的經濟目前操縱在西班牙投資者手中。

這種隔絕孤立，讓我想起那些簡陋小鎮的蛾，以及監獄裡永不停息的喧鬧聲。

晚宴的賓客大多三十幾歲，有著衝浪式的笑容，控制自如的雙眼，以及一種傾身向前介紹自己的姿勢，活像一度雕在船上的船首神。在這瘖啞的寧靜中，攝影師和記者備好了麥克風，等著那些答應出席的明星們現身。

離我座位不遠處，有三名顯然和這場晚宴無關的飯店客人，分別坐在兩張沙發和一張扶手椅上，感覺就像在自己家裡一樣舒服。也許他們從沒離開他們的家，而是像蝸牛一樣時時背著它——活了很久而且有著古老名稱的蝸牛。

侍者和攝影師都很關注他們認領的版圖。一樓的兩張沙發中間，鋪了一塊大型的中國地毯，那三人組其中的一名，最年輕的那個，緩緩地繞著中國地毯踱圓步，一邊抽著古巴雪茄。

受邀出席這場新經濟發展晚宴的男男女女，全是推廣商，也許就是那種充滿想像力的推廣態度，讓他們做出傾身向前的姿態。

也許，在漫長的一天結束之際，他們當中有某個人會在玻璃杯的反光中瞥見自己，然後，那種傾身向前的姿勢將喚起一股麻痺的恐慌——害怕自己會往前倒下，平貼到別人臉上！（類似的恐慌偶爾也可在帕金森氏患者的臉上看到。）不過無論如何，在這個夜晚，當他們傾身向前，從戴了白手套的侍者送來的托盤上拿起香檳酒杯時，他們是充滿自信的。

對那個抽古巴雪茄的男人而言，抽雪茄是為了減緩事情持續變糟的過程——至少是減緩他對這過程的意識。

一名女子，坐在我對面一張筆直的座椅上，正讀著書。和我一樣，她也在等待某個遲到的人，她朝大門望去的次數比我頻繁。我猜想，她正在等待某個她所愛的人，而她懷疑，他今晚恐怕不會出現。她的失望漸次增強，表現於外，就是她投注於書本上的目光越來越短。突然，她啪地闔上書本，站起身，從為明星們準備的鎂光燈間，走出去。

我看見他步下寬大的樓梯，房間鑰匙從他輕輕捏握的拳頭中垂盪。他握鑰匙的方式，像是手裡握著一隻鳥。他戴了一頂格紋帽，穿著粗呢夾克，外帶同款的厚毛襪和粗革皮鞋。他是泰勒。我想不起他的前名——或許是因為我記得那個名字意味著許多意思。不管他的前名是什麼，它都喚起了圍繞在他身上的許多謎團，尤其是，與他承受的失敗有關的謎團。我總是稱呼他「先生」(Sir)。

泰勒這會兒已經來到階梯下，脫了帽子，正準備走進會客廳。當我用目光追隨他時，他把臉別了過去。他很擅長用望向他處來逃避問題。他選了那名女子空下的椅子，她決定不再等待她的愛人。他拿起一份飲料三明治的菜單，貼近前額，透過厚厚的眼鏡研究著。每次當他掉了什麼小東西，往往都是我幫他在地板上尋找，因為除非他彎腰蹲下，否則他看不見。有次他的鏡框斷了，那是個非常寒冷的冬天，我用從藥房買的膠帶幫他修好。那是1932或1933年的事。那時我六歲。他把椅子轉了方向，好讓自己不用面對我，然後跟侍者點了餐。

三人組的沙發上，斜靠著一名八十幾歲的銀髮老婦，骨瘦如柴的雙腿交叉著，一隻鞋從拱起的腳上垂落。她或許是雪茄先生的母親。她也抽著菸——她的菸是長濾嘴的——以減緩事情持續變糟的過程。不過呢，因為年紀較大，而且很可能是他母親，她比較有信心，相信自己不會活著看到事情最糟的狀況。

她臉上和頸項的皮膚，歷經無數次的手術之後，看起來宛如皺紋紙。她把頭枕在靠墊上，呼出煙時輕輕抬起下巴。她的左手沿著沙發的長後背垂下，手臂上的血肉鬆垮垮地懸在三支骨頭上。她戴了六只手鐲，和一條珍珠項鍊。

很難看出那珍珠的真假，就像很難猜測她究竟是來自馬戲班或大城堡。這兩種出身都可能造就她那特有的恣肆，其中充滿了鄙視與驕傲，那是她還沒失去且決心要滿足的胃口。

也許瑟西[2]在埃伊亞島（Aeaea）上的模樣就是這般，而非數百年後，她在文藝復興繪畫中被描繪的形象。也許她是她的姊妹，帕西法[3]，那個和克里特公牛發生戀情生下怪獸邁諾陶的帕西法。很難揣測癱陷在沙發旁那張巨大扶手椅裡面的那個人有多大年紀，因為她的體型。她的巨大似乎就像時間一樣無

2 瑟西（Circe）：希臘神話人物，是太陽神Helios和海神之女Perse的女兒，住在埃伊亞島上的一座宮殿裡，以擅用藥草巫術聞名。在荷馬《奧德賽》的故事中，奧狄修斯在戰後返家的途中經過瑟西的島，當時他的十一艘船隻已在途中被食人族所毀。上岸之後，奧狄修斯的先遣部隊在瑟西的宮殿中接受食物款待，最後被瑟西的藥草變成了豬，只有奧狄修斯一人倖免。奧狄修斯決定去瑟西的宮殿救回同伴，途中遇見信使之神赫密斯，送給他破除魔法的草藥。奧狄修斯要求瑟西將他的夥伴恢復人形，並允諾與她同住一年，期間瑟西為他生下一子，亦即後文中的忒勒戈諾斯。一年期限到後，瑟西為奧狄修斯召來盲眼先知的亡靈，指引他返鄉之路。

限。她有七根手指戴了戒指。她的脖子就像纖纖女子的腰一般粗。她不時會帶著保護意味地瞥向瑟西。她的表情裡沒那麼多鄙視，因為其他人較少侵犯她。她只注意那些走近她的人，這樣就可以忽略她出現在任何公共場合必定會引來的一大堆瞠目結舌的好奇眼光。

她已經學會如何回答那個不斷纏擾她的問題：我在哪裡？如今她對答案已了然於心：我在這裡，我在這裡，在我自己的中心。這是她的恣肆。

侍者端來泰勒點的東西：冰桶裡的一瓶白酒，以及銀盤上用荷蘭芹點綴的三明治。

一名女演員，在三名男子的伴隨下，穿著露背洋裝，以登場的姿態走進會客廳。她燦爛耀眼地挺著懷孕的肚子。回答記者問題時，她溫柔地舉起一根手指在肚子上輕觸了一下，說道：六月中！全場鼓掌歡呼。

一名侍者問我是否要點些東西。我點了。過了一會兒，我聽到泰勒的聲音：你的發音居然一點也沒進步，真是教我遺憾。你正迷失在西班牙文裡，就像你一度迷失在英文裡一樣，他說。

我已經盡我最大的努力了，先生。

3 帕西法（Pasiphae）：希臘神話人物，瑟西的姊姊，也是克里特島邁諾斯國王的妻子。邁諾斯國王曾許諾將一頭俊美的公牛獻給海神波賽頓，結果食言未果，波賽頓一氣之下，作法讓帕西法愛上那頭公牛，並生下半人半牛的怪獸邁諾陶（Minotaur）。

你沒傾聽其他人怎麼說話。你從沒告訴自己：他說得很好，所以我該仔細傾聽，把他說話的方式學起來。

我無時無刻不在傾聽，先生。

你的耐心不足。

我可以聽上好幾個小時。

既然如此，那你的發音為什麼還這麼糟？

我沒聽懂他們說的話，先生。

正是。

在這場對話中，泰勒啜著他的酒，沒朝我坐的位置瞥上一眼。瑟西興味盎然地瞄著他。她大概正在告訴自己，他只有她的一半年紀，而他顯然是個標準的紳士，紳士到他看不出她的與眾不同。

如果你們想接到球，泰勒在綠色小屋裡向我們解釋，千萬別試圖在空中攔截，而是要仔細看著它飛過來，然後用手順著球的來向把它接起來。小屋的屋頂是用波浪鐵板蓋的，漆著綠色。有一扇兜得很糟的門和三扇小窗戶。裡頭沒水沒暖氣。泰勒和我每天用他的車子把水載來。那我們是怎麼上廁所呢？我不記得了。也許外面有個茅坑之類的吧。隱約記得曾在那裡吐了一次。這間位在牧場邊緣的小屋是我們的學校。不過，沒人這樣給它歸類，因為泰勒堅稱，他不是學校教師，而是私人導師。綠色小屋裡的私人導師。

一名年輕的政府官員抵達。他正在掃描會客廳，看看還有誰在那裡。他馬上就會做出決定，究竟是要立刻登場，還是先在委拉斯蓋茲酒吧裡等一會兒。他的隨扈也在仔細審視會客廳、入口大廳和接待櫃台裡的每一個人。對他們而言，去辨識一張臉孔，或是去鎖定某人，已經變成一種令人發狂的事，因為槍聲與拳頭可能來自這世界上的任何人與任何地方。

我是在綠色小屋的泰勒眼前，這個此刻正坐在馬德里麗池飯店會客廳裡吃著以荷蘭芹點綴的三明治的泰勒眼前，第一次學會書寫。先前，在幼兒園時，我學會拼字，從A到Z的每一個字母，它們屬於我摯愛的莉莉老師，像是她那雅致、漂亮、圓潤身體上的痣或胎記或美人斑。然而，拼字並非書寫，我在綠色小屋上課的第一天，泰勒向我指出這點。書寫牽涉到拼字、直線、行距、單詞的正確斜度、邊緣、大小、字跡清晰、保持筆尖乾淨、別弄出墨漬，以及在練習簿的每一頁上展現良好態度的價值。

我們是群六歲的男孩，全來自不同家庭。伍德、亨利、布拉頓、波威里昂。還有一個名字我忘了。每一堂課，我們都坐在同樣的小桌上。泰勒若不是一邊走動一邊從我們肩膀上俯視我們，就是站在工作台後面，在那張工作台上，我們一週學兩次木工。

大多數的教育體制都是神祕的，或許是因為教導和愚行乃一體的兩面。綠色小屋也不例外。直到今天我還是不知道，那地方到底是怎麼開始的？在我被送去那裡之前它已經存在多久？還有泰勒究竟是打哪來的？他輔導小男孩進入公認的好學校。我不認為我父母和其他父母一樣，曾為此付出任何費用。我想他是和我母親做了某種交換，他在我母親的小咖啡館裡免費用餐，他則負責加強我的英文，讓我有可能成為一名小紳士。我們兩人都知道這是個不可能實現的計畫——我跟著他唸了兩年半的書——這是我倆的祕密，這祕密讓我們以一種奇怪的方式成為共犯。

你會把你的人生搞得一團亂。

為什麼，先生？

因為你沒法把木頭鋸直。

那很難，先生。

並不難，只是因為你害怕那些鋸齒。你害怕把你的拇指鋸掉嗎？

不，先生？

那就鋸直它。

除了木工之外，我們也學算術、幾何、拉丁文、繪畫、皇室歷史、地理、物理和園藝。

你怎麼拼風信子（hyacinth）？

裡面有個「y」，先生。

當然。但那個「y」要擺在哪裡呢？你太急躁了。先把問題想清楚。要仔細衡量。

冬天，在綠色小屋裡，我們六個全凍僵了。小屋裡只有一具攜帶式的煤油爐，就這樣。而且有些時候，煤油罐還是空的。泰勒會假裝他忘了，因為他寧願我們以為他心不在焉，也不要我們知道他破產了。我們的鼻子通紅，手指腳趾長滿凍瘡，濕透的手帕塞進短褲的褲袋裡。1、2月時，泰勒經常裹著一條織得鬆鬆的毛線圍巾，上面的顏色嚇壞我們：白色、淡紫加上粉紅色的小斑點——就像當鼻血停住之後你會在手帕上看到的混著鼻涕的顏色。

下午在小屋上完最後一堂課後，他會順便開車載我回他家，然後我再從那裡搭巴士回我家，在車裡坐他旁邊時，他會把圍巾分我一半。

這圍巾是打哪來的，先生？

你問太多問題了。你這麼做是為了引人注意。

我是因為有興趣，先生。

你對什麼都有興趣，這就是麻煩的源頭。把這頭圍巾圍住，安靜，手套戴上。

瑟西站起身，輕輕拂了一下她的頭，甩了甩頭髮。

先生，她問泰勒，你覺得這裡的三明治好吃嗎？

麵包切得有點薄，但其他方面倒都不錯，女士。

她毫不害羞地盯著他；他那優雅而悲傷的回應，讓她這麼做。

泰勒的車是奧斯汀七型。這款車的屋頂是某種帆布，帶有摺疊式托架。在冬天的清晨，他得轉動曲柄才能啟動它。我坐在駕駛座的最前端，以備萬一引擎卡住的時候，我的右腳才能踩到油門。有時這得花上我們十分鐘的時間。我凍得直發抖，他的鬍子則結了霜。

泰勒住在一棟大宅一樓的兩間出租房間裡，大宅有座玫瑰花園，但他不能插手照料。那棟房子是一位寡婦的，我偶爾會瞥見她穿著一件毛皮外套或花草圖案的夏裝。她和泰勒一樣是天主教徒，正因如此，她才同意把兩個小房間租給泰勒。她准許泰勒把車停在車道上，但只能停在固定的位置，也就是房子後面廚房門旁邊放垃圾箱的地方。

我們明天就要離開，瑟西說，一邊摸著泰勒粗呢夾克的肩部，要去威斯卡[4]。先生，我想你會喜歡亞拉岡（Aragon）的。你想跟我們一起去嗎？

抽雪茄男人——忒勒戈諾斯[5]，如果他真是她兒子的話——正在幫帕西法離開她的椅子站起來。那是一場奮戰，得把她的兩枝丁型枴杖撐在手肘下方，幫助她站直。她才剛站穩，立刻就轉向泰勒。

我想你會很樂意看到我們的馬，她說。

再一次，我很好奇他們究竟是來自馬戲班還是大城堡。

泰勒承租的兩個小房間聞起來都是雪茄味，和綠色小屋一樣。那時他抽的牌子是De Resque Minor。他在兩個房間的窗台上用木箱子養了花。壁爐台上的平底酒杯裡，經常插著切剪下來的植物，每只酒杯上都貼了標籤，用他一絲不苟的渾圓筆跡寫上植物的名稱：紅石竹，香矢車菊，福祿考，千鳥草。

如果當時我能記得其中一種的拉丁文名稱，只要一種，一定會讓他很開心，不過在這裡，在他的住處，可以把課堂上的事拋諸腦後。因此，千鳥草依然是千鳥草。在綠色小屋裡，泰

4 威斯卡（Huesca）：西班牙東北部亞拉岡地區的一座古城，前羅馬時代就已存在。該城同時也是西班牙內戰期間佛朗哥將軍長槍黨的重要據點之一，共和派軍隊曾包圍該城，爆發激烈戰事，但始終攻佔不下。英國小說家歐威爾也曾參與該場戰役，並在《向加泰隆尼亞致敬》一書中，寫下「明天我們將在威斯卡喝咖啡」的名句。

5 忒勒戈諾斯（Telegonus）：希臘神話中，奧狄修斯和瑟西生的兒子，參見註2。

勒要求我們用功和服從；哪怕是最輕微的鬆懈，也得接受懲罰，他會用吊在櫃子旁邊掛勾上的紫杉樹枝敲打我們的指關節，那個櫃子是用來放尺和練習簿的。不過在他的兩間起居室裡，鬆懈無人理會，他要的只是安靜與陪伴。

他在一片吐司上塗了蜂蜜——是一位養蜂朋友送他的——放在瓦斯爐前烤了一下，然後盛在一只手繪盤子裡遞給我。

這盤子是我朋友畫的，他說。你認得出是什麼植物嗎？

認不得，先生。

這是所謂「草莓樹」的花。

長在樹上的草莓嗎？先生。

他沒費力氣回答。

泰勒會畫素描。他總是用HB鉛筆畫。都鐸式小屋的速寫、教堂、車道、柳樹、綿羊、飛燕草。他把有些素描印成明信片。

你賣這些明信片嗎？先生。

我是為朋友印的，可以當成小禮物送他們。

沒人可以幫助他，當我坐在他瓦斯爐前的柳條椅上，一邊用力搓著我的凍瘡，一邊吃著蜂蜜吐司時，我這樣告訴我自己。他太老了，而且他身上的毛髮太多了。

帕西法拄著她的兩根枴杖穿過櫃台。大家紛紛讓路給她，當她停下來喘口氣時，他們全繞著她移動，彷彿她是個自然地標。她的恣肆讓他們自在以對。

她死了嗎？

你在說誰？泰勒問。

我朝他床邊的照片點了點頭。

不要，千萬不要，他說，談論你在別人床頭櫃上看到的東西。如果你想，你可以研究它——他拿起相框，放到我手上——如果你願意，你也可以記住它，但千萬別說什麼，因為沒有什麼該說的。沒有。

電視明星終於到了。飯店外有許多人在街上站了將近一小時，只為了能瞥她一眼。她很嬌小，比他們以為的更嬌小，完美，波浪翻騰的黑髮，銀色裝扮。閃光燈來自四面八方。在這個螢幕下的即興時刻，每個人都希望能發現某些名氣外的東西，某些和我們等同的東西。比方說：她和我們一樣會放屁。但與此同時，我們又期盼事實剛好相反：期盼她確實完美無比，完美到超乎任何單一個人所需的分量，因此，她或許可以丟一些給我們！

泰勒從口袋裡掏出一本便條紙簿，開始畫著會客廳裡的一棵棕櫚樹。

就在這時，在他開始作畫的那一刻，我記起了他孤獨的重量。或許是因為我年紀小，和我在一起時，他覺得無須偽裝或隱藏。然而，他的眼鏡擴大了他眼裡蘊藏的孤獨。這個教我書寫的人，也是第一個讓我意識到無可彌補的失落的人。

帕西法拄著她的丁字枴杖從委拉斯蓋茲酒吧轉回來。她在那裡喝了酒嗎？她走到座位旁邊，接著是怎麼坐下的問題。忒勒戈諾斯已經準備好了，但為了安全起見，最好兩邊各有一個男人，於是，她瞥了泰勒一眼，泰勒隨即走過去，從她龐然的手肘下方，抬起她巨大的手。

你是藝術家嗎？先生。

不是，消遣而已，女士。

電視明星在吉他手的伴奏下，開始演唱。那旋律非常年輕，又非常古老。她就這樣簡單地唱著，雙眼輕闔，銀色髖臀定靜不動，一雙紅唇緊貼著麥克風。

在樹幹上

年輕女孩滿心歡喜的

刻下她的名字……

你就是那個鑿進我樹皮的她……

泰勒在他五十歲的時候去世，二次大戰剛剛結束。

泰勒的死，牽涉到一宗瓦斯起火，或房屋燒毀，或汽車在密閉車庫裡繼續空轉的意外故事。細節我忘了，因為這些細節似乎在告訴我，這個一絲不茍、整齊井然、生硬害羞的男人，這個相信高尚品格比世上任何東西更重要的男人，是因為輕率疏忽而死——或甚至是結束自己的生命。細節還是忘了比較好。

我們馬上就要走了，瑟西擠了一下他的手肘輕聲說著。我們的車很大，有足夠的空間放你的行李。

我的行李很少，女士。

所以你願意來畫我們的馬囉？帕西法問道。

畫陰影的時候，千萬別亂塗。清楚嗎？你要慢慢畫，把一條線畫在另一條線旁邊，然後下一條，再下一條。這樣，你就能畫出以網目線構成的陰影。然後，你的線條就會和速寫交織融合。動詞：交織（to weave）。過去分詞？

Woven，先生。

璜來到我身後，用雙手蒙住我的眼，要我猜：你是誰？

8
浚河與清河
The Szum and the Ching

　　我們到了——如果你還跟著我的話。我們不再往下走了。我們已經抵達那棟沒有門階的房子，在他們所謂的「小波蘭區」（Little Poland）。

　　我常覺得，路標像是在說童話故事——之字路，跳躍鹿，十字路，鐵路平交道，圓環，落石，險升坡，漫步牛，危險轉角。

這些警告的內容，如果和人生可能遭遇的危險比起來，似乎是簡單容易到令人心安。

很難形容，當你開車駛過柏林繼續往東，你會在天空上看到的變化。你會開始注意到，所有垂直之物都以一種不同的方式對抗著平原的單調平坦：木圍籬，站在田野中的人，偶爾出現的馬，森林裡的樹。你在天空中看到的距離，和之前訴說著不同的事；在這裡，距離宣告著，再過個幾千公里，平原將變成大草原——而在大草原上，距離將有如海拔一樣危險而充滿挑戰。

大草原上的樹，就像某些高山——例如南方的喀爾巴阡山——的樹種一樣，長得較堅韌、較矮小，好藉此抵抗寒冬。有些大草原上的樺樹，甚至不及一隻狗兒高。高山上的酷寒來自海拔，大草原的凜冽則源自距離，源自陸地的水平延伸。

越過奧德河後，這種延伸，這份擴展，就已經被許諾了，儘管在那裡還不存在。天空與土地之間拉出了新的比例。

我騎著摩托車，沿著連接華沙與莫斯科的主要道路往東進。雙向車流量都很大。再過幾年，這裡將變成高速公路。這條道路環繞過或橫越了好幾座森林。在北邊的那些森林裡，夏日之光是綠色的，雲杉的樹幹越長越高，看起來就越來越像覆了羽毛的橘子色。珊瑚之於魚，或許就像這些紅雲杉的樹梢之於鳥。

進入我們人生的生命數量是無法估算的。

一群年輕女人站在路肩上，迷死人的打扮，側著翹臀，引誘從西方開來的駕駛。一個開著老舊扁塌的Mercedes 123的男人停了下來。波蘭人把這款車叫做*beczka*，汽油桶的意思。駕駛是個烏克蘭人，看起來也像個汽油桶。大多數的女孩都是羅馬尼亞人。交易以美金現鈔支付。

成交，她說，一邊伸出手等著收錢。

事後付，他說，拒絕現在給錢。妳叫什麼名字？

穿著露背裝的她，不解的聳聳肩。

他比著自己，用拇指點了一下胸膛，米哈伊，他說，我叫米哈伊。妳呢？

她搖頭，對著駕駛鏡檢查自己的臉。

妳的名字？

她用英文回答，只要碰到她覺得最好是趕緊撤退的情況，她就會祭出那句英文。「I dunno」(我不知道)，她說。

夠了，他打開車門，要她出去。然後飛快開離現場，輪胎揚起一片塵埃。

另一個年輕女人從樹林後面走出來。她握著一名老男人的手，老男人戴著一頂塞了羽毛的毛氈帽。這兩個女孩一起在這座森林裡的一小段直路上工作。

嗨！樂努塔！牽著老男人的那個女孩，大聲喊著運氣不好沒和烏克蘭人搞上的那個女孩。妳知道那些雜種做了什麼嗎？

什麼？

他們偷了他的車。我帶他去森林。我帶他回來，然後車就不見了。新車，BMW525。

他有責怪妳嗎？

他是德國人，我覺得他快心臟病發。

他付錢了嗎？樂努塔問。

另一個點點頭。

那妳快離開他！

另一個拉下臉，聳聳肩。

不然把他交給我，樂努塔說，妳去找珍妮——也許伊夫岡知道車子的事。

那男人癱坐在一堆蕨類上。他盯著腳上的靴子，一隻手按著胸膛。樂努塔把他的羽毛帽脫下，握住帽緣，替他搧風。氣溫攝氏四十度。

一位老婦人帶著一名小男孩從森林裡出現。她的手指染成紫色。小男孩拎著一只超市塑膠袋。他們剛採了藍莓。再過一會兒，那名男孩將帶著四個一公升裝的罐子坐在路邊，把他們剛採來的黑色果實裝進去。

我有個朋友是位動物學家。不久之前，她花了好幾年的時間，研究比亞沃維耶森林[1]裡的狼群，那座森林約在這裡往東兩百公里處。一連幾個月，她以無比的耐心和毫不畏懼的態度，悄悄靠近那些狼群，直到牠們接受她，直到牠們對她的好奇心強過顧慮。她叫戴絲皮娜。有天清晨，領隊塞伯走到她身邊，示意要她跟著他。她依令行事。他領著她慢慢穿過森林的矮樹叢，並不時回頭看她是否跟上，他們來到一處小土穴，他的母狼不久前在這裡產下小狼。現在小狼已經兩週大了，那個早上，狼母親準備帶牠們離開土穴，去認識狼群裡的其他成員，其他三隻狼站在母狼前方，等待這場會面。塞伯和他的同伴呼喚小狼出來。喲喲……喲喲……喲喲。牠們一隻隻出現，眼睛搜尋著。當小狼長到三週大時，會開始把所有牠們不認識

1　比亞沃維耶森林（Bialowieza forest）：位於波蘭和白俄羅斯邊界的古老森林，被專家們稱為歐洲低地區的最後一片原始林。目前已列入世界自然遺產保護名單。

的生物都當成自己狼群的成員，所以必須在這個時刻讓牠們碰面。而塞伯希望戴絲皮娜能目睹這一刻。

別靠那些女孩太近，祖母如此叮嚀他帶著藍莓罐的孫子。離那些羅馬尼亞女孩遠一點，不然，如果車上有女人的話，她們不會讓男人停車的。

這塊土地上的每個人都在賣東西，或想賣東西。接近黃昏時分，六十幾歲的男人站在大城路邊的街石上，舉著一塊牌子上面寫著：POKOJE。他們想把小公寓或小房子裡的客房賣給某個路過的旅人過夜。

每罐藍莓八波蘭幣。

BMW找到了。那個德國老男人掏出好幾百波蘭幣。他再度戴上他的羽毛帽，並不停檢視他的汽車輪胎——或許是想確認它們沒被掉包。

道路筆直，城與城的距離遙遠。天空與土地拉出新的比例。我想像著一百五十年前在卡利胥[2]和凱爾采[3]之間旅行的景況。在這兩個名字之間總會有第三個名字——你的馬的名字。你的馬的名字，永遠是介於你正趨近的城鎮與你剛離去的城鎮之間。

我看到通往塔爾努夫[4]的標誌指向南方。十九世紀末，布瑞蒂斯（Abraham Bredius）在這裡的一座城堡發現一幅油畫，他是第一個為林布蘭的畫作進行現代編目的編輯者。

「我看到一輛尊貴宏偉的四輪馬車打我旅館門口通過，從門房口中得知那是塔爾努夫斯基伯爵（Count Tarnowski），他幾天前才剛與迷人的波多契卡女伯爵（Countess Potocka）訂婚，她將帶給他一筆可觀的嫁妝，不過那時我根本不知道，這男人竟然還是個幸運之士，擁有我們這位大師最超凡的作品之一。」

布瑞蒂斯離開旅館，搭火車進行了一段漫長又艱苦的旅程，終於抵達伯爵的城堡——他抱怨道，有好幾哩路程，火車的速度簡直慢到跟走路一樣。在那裡，他發現一幅畫著馬匹和騎士的油畫，他毫不懷疑那就是林布蘭的作品，並認為那是被遺忘了一個世紀之久的傑作。這幅畫的名稱是《波蘭騎士》（*The Polish Rider*）。

今天沒人明確知道，對於畫家而言，這幅畫代表了哪個人

2 卡利胥（Kalisz）：波蘭中西部古城，自古羅馬時代就已存在，中世紀時曾是大波蘭地區最富有的城鎮和文化中心之一。目前為該區重要的工業和商業重鎮，同時是西利西亞地區的鋼琴工廠和傳統民俗音樂的要地。

3 凱爾采（Kielce）：波蘭中南部大城，十二世紀由克拉科夫主教創立，是該區重要的石灰岩採礦和毛皮肉品貿易中心。十八世紀後期到二十世紀初，分別由奧地利、俄羅斯和波蘭統治。二次大戰期間遭德軍佔領，直到戰後才由蘇聯奪回歸還波蘭。

或什麼事。畫中的騎士外套是標準的波蘭裝── *kontusz*。騎士的帽子也是。或許正因如此，一名阿姆斯特丹的波蘭貴族才會買下這幅畫，並在十八世紀末帶回波蘭。

我第一次在紐約的弗里克美術收藏館（Frick Collection）──該畫的最後落腳處──看到這幅畫時，我覺得它可能是林布蘭愛子提多（Titus）的肖像。從當時乃至現在，這幅畫對我而言，似乎都是一幅關於離家的畫。

更具學術性的理論指出，這幅畫的靈感很可能是來自波蘭人柴利茨汀（Jonaz Szlichtyng），在林布蘭時代的阿姆斯特丹，他是異議分子圈裡的一名反叛英雄。柴利茨汀所屬的宗派，是遵循十六世紀西耶納神學家索茲尼西（Lebo Sozznisi）的理論，他否認基督是神子的說法──因為他認為宗教應該停止一神論的傳統。假使這幅畫的靈感真是來自柴利茨汀，那麼林布蘭便是在呈現一個基督式的人物，他是個人，也只是個人，他騎在馬背上，準備出發去迎接他的命運。

你認為你快到可以擺脫我嗎？當她在凱爾采第一個紅綠燈

4 塔爾努夫（Tarnów）：波蘭東南部小波蘭區的城市，有波蘭最熱城市之稱。十二世紀建城，十五世紀中起移入大量猶太人，到了二次大戰前夕，該城約有半數居民是猶太人，並掌握了該城主要的商業活動。二次大戰期間，該城猶太人曾組織猶太反抗運動，以對抗納粹德國，1943年納粹決定摧毀該城的猶太區，到戰爭結束之際，該城的猶太人幾乎盡遭屠殺。

口停在我旁邊時問道。

我注意到她把鞋子踢掉，光腳踩在踏板上。

我沒想把妳丟在後面，我說，挺直背，雙腳擱在地上。

那你為什麼騎那麼快？

我沒回答，因為她知道答案。

速度裡有一種被遺忘的溫柔。她有個習慣，開車時，會把右手從方向盤上舉起，如此一來，她的頭不必移動半吋，就可以看到儀表板上的數據。而她右手的這個小動作，就像一名偉大的管絃樂團指揮家那樣俐落而準確。我愛她的自信滿滿。

她活著的時候，我叫她莉茲，她叫我麥特。她喜歡莉茲這個小名，因為在那之前，她根本無法想像她得去回應這麼一個粗鄙的簡稱。「莉茲」（Liz）意味著被破壞的法則，而她崇尚破壞法則。

麥特是聖修伯里（Saint-Exupéry）小說中一位領航員的名字。也許是出自《夜間飛行》（*Vol de Nuit*）。她書讀得比我好多了，但我的街頭智慧比她棒，也許是因為這樣，所以她給我取了個領航員的暱稱。叫我麥特這想法，是有次她駕車穿越卡拉布里亞（Calabria）時想到的。只要我們一下車，她就會戴上一頂寬邊帽。她痛恨曬黑。她的皮膚像委拉斯蓋茲時代西班牙皇室成員的皮膚一樣蒼白。

是什麼把我們湊在一起？表面上是好奇心作祟——我們兩個幾乎每一方面都天差地遠，包括年齡。我們之間有太多的第一次。然而把我們拉在一起的更深層原因，是同一種心照不宣的悲傷。沒有自憐的成分。只要她在我身上感受到任何一絲自憐的痕跡，她會立刻把它腐蝕掉。而我，如我說過的，我愛她的自信，自信與自憐是無法相容的。我們的悲傷，像是滿月之犬的瘋狂嚎叫。

基於不同原因，我們兩人都認為，風格必然與帶點希望活著有關，而你要不是活在希望中，就是活在絕望裡。沒有中間路線。

風格？一種確信的輕盈。排除某種行動或反應的羞恥感。一種確定的優雅比例。相信在任何事物裡都可尋找或找到某種旋律。然而，風格是脆弱的。它來自內在。你無法從外面得到它。風格和流行或許做著同樣的夢，但它們的創造方式截然不同。風格是關於看不見的承諾。正因如此，它需要一種忍耐的才能，一種對於時間的自在，它也會反過來助長這種才能與自在。風格非常接近音樂。

夜晚，我們靜默不語地聽著巴爾托克（Bartók）、華爾頓（Walton）、布瑞頓（Britten）、蕭士塔高維契（Shostakovich）、蕭邦、貝多芬。數百個夜晚。那還是三十三轉唱片的時代，你得用手翻面。而那些動手將唱片翻面的時刻，以及那些將鑽石唱針慢慢放下的時刻，是充滿著幻覺、飽實、感激和期盼的時刻，只有另一種同樣無語的時刻可相比擬，當我們一上一下交纏做愛的時刻。

那麼，為何嚎叫？風格來自內在，但風格必須從另一個時代借來保證，然後將這保證借給當下，而借貸者必須留下另一個時代的典當品。熱情的當下太過短暫，短到無法產生風格。貴族氣的莉茲從過去借貸，而我，則從革命性的未來賒取。

我們兩人的風格出乎意料的接近。我不思考生活裝備或品牌名稱，我記得的是我們如何穿越森林被雨水淋濕，以及我們如何在凌晨時分抵達米蘭的中央火車站。非常接近。

然而，當我們深深望進彼此的眼睛，蔑視著蘊藏其中的危險時——我們對這危險知之甚詳——我們也都理解到，那些借來的時代只是一種虛妄。這就是我們的悲傷。這就是夜犬嚎叫的原因。

綠燈亮了。我超越她，她跟在後面。當凱爾采被我們留在身後，我做出我將停車的手勢。我倆沿著另一座森林的邊緣停下，比上一座更黑更密的森林。她的車窗已經搖下。她那輕柔纖細、聚攏在耳後的鬢髮，非常優美的糾結著。優美，是因為我需要無比的優美靈巧才能用手指解開它們。她在儀表板的小櫃四周，插了不同顏色的羽毛。

麥特，她說，你記得嗎，有好幾天，我們逃離了「歷史」的粗野。然後，過一會兒，你就想回去，想從我身邊溜走，一次又一次。你上癮了。

對什麼上癮？

你上癮了——她用手指輕輕摸著那幾根羽毛——你著魔於創造歷史，而且你選擇漠視這個事實，漠視那些相信自己正在創造歷史的人已經握有權力，或想像自己握有權力，而那些權力，那些和長夜漫漫一樣明確的權力，麥特，終將讓他們暈頭！差不多只要個一年，他們就會搞不清自己正在做什麼。她讓手垂到大腿邊。

「歷史」必須去忍耐，她繼續說，必須去忍耐傲慢，荒謬卻也——天知道為什麼——無敵的傲慢。在歐洲，波蘭人是這方面的忍耐專家，有好幾百年的經驗了。這就是我為什麼喜歡他們的原因。自從戰爭期間我遇見三〇三航空隊的飛行員後，我就愛上他們。我從未質疑他們，我傾聽他們。當他們邀請我時，我就與他們跳舞。

一輛木板車載著新砍下的木材從森林裡出現。拉車的兩匹馬滿身汗沫，因為車輪深深陷進森林小徑的軟土中。

這塊地方的靈魂與馬關係深厚，她說，笑著。而你加上你那著名的歷史法則，也無法比托洛斯基更清楚該怎麼給馬按摩！也許有一天——誰知道呢？——也許有一天，你會放棄你那著名的歷史法則，回到我懷裡。

她做了一個我無法形容的姿勢。她把頭輕輕偏開，讓我看到她的頭髮和頸背。

假如你必須選一段話當你的墓誌銘，你會選什麼？她問。

假如我必須選一段墓誌銘，我會選《波蘭騎士》，我告訴她說。

你不能選一幅畫當墓誌銘！

我不能嗎？

有人可以幫你脫靴子真是一件美好的事。「她知道該怎麼幫他脫鞋」，是一句帶有讚美意味的俄羅斯諺語。今晚，我自己脫掉靴子。一旦脫下之後，這雙機車靴就顯得與眾不同。它們與眾不同，並不是它們在某些部位有金屬做為保護，也不是因為它們在鞋尖地方加了一塊皮革，好減緩因不斷輕踢變速桿所造成的磨損，更不是因為它們在小腿周圍有一道磷光標誌，讓騎士們在後方車輛的頭燈映照下可以有更高的能見度，而是因為，脫下它們，我就可以感受到我們共同騎過的好幾千公里，它們和我。它們可說是幼年時讓我十分著迷的七里靴[5]。我想穿著它們去到天涯海角，即便是在我夢想著道路的時候，雖然道路讓我驚恐萬分。

我像個小孩那樣愛著波蘭騎士那幅畫，因為它像個見聞廣

5 七里靴（Seven-league boots）：經常出現在歐洲各國童話故事裡的神奇靴子，穿上它的人，可以以一步七里的速度快速前進。

博且從不想睡覺的老人剛開始說故事。

我像個女人那樣愛著那名騎士：他的沉著、他的傲慢、他的弱點、他大腿的力量。莉茲是對的。很多馬匹馳越夢想來到這裡。

1939年，波蘭騎兵隊手持佩劍衝向入侵的德國閃擊部隊。十七世紀時，「飛翼騎兵」[6]宛如東部平原的憤怒天使般令人畏懼。然而，馬的意義不只軍事才能。數百年來，波蘭人不斷在外力的逼迫下行旅或遷移。永無止境的道路穿越他們那缺乏天然疆界的家園。

騎馬者的慣習偶爾依然可在波蘭人的身體或動作上看到。當我坐在華沙一家披薩吧裡，看著那些一輩子從沒上過馬或甚至從沒摸過馬的男男女女，那些喝著百事可樂的男男女女時，我的腦中突然浮現起右腳踩住馬鐙，左腿驟然昂起的姿勢。

我像個失去座騎卻得到另一項才能的騎士一樣愛著波蘭騎士的馬。送禮用的馬牙齒較長——波蘭人稱這種老馬為*szkapa*——但那是一隻忠誠度經過證明的動物。

最後，我愛那地景的邀請，無論它通往何處。

6 飛翼騎兵（Winged Horsemen）：十六世紀初到十八世紀初波蘭輕騎兵的外號，以快速驍勇聞名。「他們放馬疾衝、奔馳而來，宛如一千名鐵匠敲打著一千枝榔頭所發出的煙塵和聲響……」

它曾經通往現在稱為小波蘭東南方的戈雷茨克（Górecko）村，距離烏克蘭邊境二十公里。

村裡的石頭街道布滿塵灰。村裡有兩家鋪子，以及沿著一條茂密小徑穿越森林的一間教堂。村子中央，靠近春天長滿野蘆筍的聖母聖龕附近，有座注滿綠波的小蓄水池。村民在1960年代鑿建了這座蓄水池，做為小型水力發電計畫的一部分，這計畫是由當地教士起草，為了將電力引進這座小村。計畫沒成功，但由於教會插手干預，祭出「蘇維埃＋電力＝共產主義」這條公式，迫使政府當局透過國家電力輸送網系統為此區供電，這結果可能比當初他們自己動手做要來得快。

今天，當某匹勞役馬抓狂發瘋時，村民會合力將牠放進蓄水池裡站上幾個小時，直到牠冷靜下來。

村裡的房子大多是兩房式的木製農舍小屋，兩房中間有座暖爐（冬天這裡的溫度會降到零下二十度），一道煙囪打屋頂中央伸出。四扇小窗戶都是雙層的，兩扇窗框中間，經常會擺上一盆可愛植栽。木籬笆圈圍住菜園，裡面種著甜菜根、甘藍菜、馬鈴薯、韭蔥。有些農舍小屋經過增建，裝了暖氣設備，以及木柱門廊。不過土地依然是原本那一小塊，而用來改善祖父母房舍的錢，則是從德國或芝加哥賺來的。

我朋友米雷克的房子遠離村落，位於主要道路的另一邊。過去七年，米雷克以非法移民的身分，在巴黎建築工地當苦力。他是一名訓練有素的森林工程師。我從他那裡學到許多關於森林的事。

平常他總是走得很快，就和他總是開快車一樣。他沒冒險，因為他知道生命中有太多反正。他有一雙大手和寬闊的肩膀，他不是你會想把他推到一邊的那種人。然而他的眼睛，卻出乎意料地有著一種反思性的懷疑，幾乎是躊躇猶豫的懷疑。是這懷疑的眼神，讓他屢屢擄獲女人的芳心嗎？我們需要許下承諾，有一天他告訴我，但如果你許下你不相信的承諾，那就不是承諾！這或許是他喜愛行動甚過言語的原因吧。如同我說的，他走得很快。

在那個特別的清晨，他放慢了步伐，並不時蹲下來檢查松樹林間的地土。我想讓你見識一下「蟻獅」（Lion of the Ants），他說，這裡應該有一隻。一種螞蟻嗎？不，一種幼蟲，一種甲蟲。約莫有指甲那麼大。等牠長出翅膀後，看起來像蜻蜓，銀亮如緞。他正在努力搜尋的松林土壤，像是陽光下的流沙。他沒找到。

他走近一株殘幹，撫摸那濕黏切下的木頭。正好是*oprinka*

*miodowa*最喜歡的地方。那是一種菇，他說，嚐起來有森林深處的味道。如果野豬懂得烹飪，牠們肯定會把它吃掉！先煮一下把苦味去除，別把蒂加進去，蒂很細但纖維很粗，然後配著鮮奶油一起吃。說著說著，他笑了。最常讓米雷克微笑的事，就是那些能打破日常生活慣例與厭煩規則的聰明樂趣，而當他的嘴角因微笑而咧過頭時，就會爆為歡聲。他有偷獵者的眼睛和想像力。

我們沉默不語地走了半小時。他突然停下腳步，跪在地上指著沙地的一個小坑，直徑相當於一只茶碟。小坑的形狀像個不斷縮窄縮窄的漏斗。

看到牠的頭和螯了嗎？牠就躲在沙地裡面，等著下一隻螞蟻滑進漏斗，掉進牠嘴裡！蟻獅！牠會，米雷克解釋道，先在地上畫一個圓，然後慢慢往後退——牠沒法往前走，因為牠的後腳已經演化成鑿子。他用快速的甩頭運動把挖出的土鏟到一旁。接著，他畫出第二個圓，比先前的小一點，窄一點。然後如此這般的一圈一圈挖下去，直到土底，然後躲在那裡。一旦哪隻螞蟻一個踉蹌跌進這漩流沙，就只有死路一條。如果蟻獅好幾天沒吃，正覺飢腸轆轆，牠會畫出比較寬大的圓，好讓更多螞蟻掉進他嘴裡。若是沒那麼餓，畫的圓就比較小。牠在沙上寫下牠的菜單！

米雷克的微笑爆為歡聲，然後他抬頭望著樹梢上的天空，彷彿是在感謝讓宇宙萬物得以這般精準運行的奧祕。

米雷克的房子是獨一無二的。也許，你可以說任何一棟房子都是獨一無二的，只要你對它夠了解。總之，我知道我可以看到什麼。我沿著岔離主路的那條草徑走著，穿越溪流上用木板搭建的那座小橋，經過大門左邊的那棵樹，樹上結著黑櫻桃大小與顏色的蘋果（味道極苦），然後我在口袋裡尋找鑰匙。前門沒有門階——你必須踏上五十公分高的水泥平台。門上有兩道鎖，我陸續打開。門還是闔著。我用手指扳住一扇門板的斜角，將它抬起。門終於投降，打了開來。我走進去。房子聞起來有塵灰、木煙和蕨類的味道。我一個房間一個房間的梭巡著——共有六間。每個房間至少都有一隻蝶或一隻蛾，有些平靜地迴旋飛翔，有些貼在窗玻璃上拍打翅膀，發出如銀行點鈔機般飛快的輕彈聲。

這房子是一百多年前蓋的。八張餐桌椅中，只剩三張坐下去不會垮掉。每個房間都掛了聖母像。沒人清楚這棟房子的確切歷史，或許是因為每個人都想忘記某個不同的篇章。但毫無疑問的是，這房子有過多種用途。露明的電路、電線、插座、連接線、接觸點、保險絲和開關，全都釘黏在牆上，像是某種急就章的胡亂拼湊，為了應付四十年前的某個緊急狀況。也許，是電力頭一回來到這個小村那時。

把它釘好！下禮拜我們要從這裡開始營運——日以繼夜，春夏秋冬，懂嗎？我們當中只會有一個人在這裡。所以趕快釘好，你得在禮拜一完成。

又或者，這房子曾經屬於一名離群索居的老婦，她的一名姪子，在電力來到小村那時，逮到機會假裝是電工，想用這工作來交換足夠的金錢，去買輛摩托車。

我打開電。我把買來的培根和酸奶油（*śmietanie*）放在廚房桌上。我答應在他們抵達時會把熱湯煮好。一個半小時之內，就會有熱水了。

差不多在電力安裝好的同一時期，窗戶也變了。變得比以前更多，也比以前更大。這股窗戶改造狂潮，究竟是由什麼原因激起的呢？

是邁向現代化的一步，或是那位姪子給老婦人的另一項提議？和拉電不一樣，開窗戶和擴大窗戶勢必得花上好幾個月的時間，這樣他應該可以賺到足夠的錢買一輛二手車。

或這是委員會的決議。

光線足夠，就可以省下電力。別擔心窗框問題，我們會直接從工廠送來。一間接著一間，我們會把一切都處理好！OK？

二十扇雙層窗戶，如今只有三扇打開。有些已經漆上不透明塗料，有些破了，有些窗玻璃換成了塑膠板。沒有窗簾。

食品儲藏室是一條幽暗通道，有一扇門通往廚房（這裡沒有冰箱），我在裡面找到一瓶啤酒。這酒是在茲威奇尼亞茨村（Zwierzyniec）製造的，村名的意思是動物之地，距這裡十二公里。我帶著啤酒走進前面的某個房間，裡面有張扶手椅。

牆上有一副鹿角，鹿角對牆掛了一只舊相框，裡面是一名獵人帶著獵槍和獵犬的照片。很難確定照片的年代。米雷克不知道他是誰。也許某個時期，他曾住在這裡。

那對鹿角是個玩笑：其實是雲杉樹枝，只是掛在牆上讓人以為那是鹿角。

莉安是位羅馬尼亞畫家。她送給我一幅畫，是她在柏林自然史博物館畫的。畫面裡有一大段樹幹，樹幹兩邊長出了真正的鹿角。她解釋說，肯定是有頭鹿某天死在某棵幼樹的樹根旁邊，後來那棵幼樹繞著牠的骨骸成長，因此把鹿角舉了起來，並保存下來。我把這件事告訴正要去柏林的朋友們，要他們去看那鹿角，還把她的畫秀給他們看。但是每個朋友給我的回報，都是找不到那項展品。最後，我問了莉安。當然，她笑著說，只有我能找到。我們得一起去博物館，也許它現在已經不見了。

照片裡的獵人戴著一頂帽子。今天的棒球帽，以及全世界年輕人那種把帽簷朝後反戴的習慣，已經取代了傳統波蘭人的帽簷以及它所帶有的特殊宣言。波蘭帽的宣言是：永不熄滅的愛國主義；指揮的權利；服務的意願；親近自然及其所有極限；守口如瓶和討價還價的本事；以及非常漫長的歷史經驗。

任何人都可以買一頂這樣的帽子來戴。那比取得一本護照容易千倍。十九世紀時，被佔領的波蘭並不是一個獨立國家，戴這帽子，是為了儲存和保留一種奇特的主權。照片中的獵人，或許也能解釋長了鹿角的樹的奧祕。

距這房子幾分鐘的腳程外，有另一個祕密存在。在樹叢圍繞、無路可達的森林裡，有一座墓——保存良好，上面插著一束人造花。六十年前，德國陸軍的一名士兵埋在這裡。墓上的花束幾個月就會更新一次。

那名士兵是在1943年12月31日，於這棟房子裡被槍殺。也許實際的槍擊地點在屋外，在長著櫻桃大小的蘋果的蘋果樹附近，但槍殺的決定是在屋裡做下的。導致這起事件的那股衝動是從這個房間開始——也許決定是個太過沒有模糊性的字眼。那名德國士兵才十八歲。他在十六歲被徵召，經過一個禮拜的訓練，就被分派到這個地區的佔領軍。他的名字叫漢斯。幾個月後，他向一名祕密會面的林務管理員說，他想逃離德國陸軍，加入波蘭游擊隊。有人說，他和村裡的一名女孩陷入熱戀，那女孩住在現今第二家店鋪的隔壁。那女孩，當她變成一名老婦而人們提起漢斯時，她會搖頭，但你無法從那姿勢裡看出那是確認或否定這個故事。在漢斯向林務管理員吐露心事之後，過了幾個禮拜，他被國內祕密游擊部隊的兩名軍官交叉詢問了好幾次，這個單位的效忠對象不是俄羅斯，而是流亡在倫敦的波蘭政府。游擊隊指揮官不信任他。最後，指揮官告訴他，如果他交出制服、證件和來福槍，他就可以在他們的森林醫院擔任醫事勤務員。他表示同意。醫院裡的一名傷患開始教他最基本的波蘭文。

在事情發生的那一天，漢斯受邀和來到這個小村這棟房屋裡的游擊部隊上校和幾名小隊指揮一起慶祝1944的新年。

在一杯又一杯的伏特加下肚後，事情的真相也跟著模糊起來。是因為漢斯太過忘我，哼起了德國歌？還是因為他收到女孩的紙條，試著想從廚房後門偷偷溜出這房子，一句話也沒交代？他的波蘭文正在精進中。或是那名上校突然預見了即將發生的背叛？

他對我們的了解遠比我們對他的認識深。我們甚至不知道他是否可以信賴。

在那個時期，殺戮一件接著一件，數千起殺戮同時發生。6月1日，距離此地十二公里的一個小村，所有人口，包括嬰兒和老人，全都遭到德國黨衛軍屠殺。前一年，四十萬猶太人被圍捕，拘禁在華沙猶太人區，等著被派送到死亡集中營。1943年2月，英國政府決定優先轟炸敵軍城市，以便「摧毀敵方人民的士氣」。

一起殺戮可能激起短暫的反作用，引發第二場混亂，但很少導致懊悔。我很懷疑，當漢斯在如今結著苦果子的蘋果樹旁遭人從頸背射殺時，是否真的知道到底發生了什麼事。沒有掙扎。四名男人把他抬進森林，埋了。他的屍體因為村民懷疑他或許並非敵人，而得到善待處理。

不過，這起奧祕是關於他的墓，而非他的死。1950年代初，一只木製十字架突然豎立在他的墓頭。沒姓名，沒生卒年月。幾年過後，原先將十字架栓在一起的生鏽螺絲，換上了不鏽鋼材質。他的墓塚上，永遠都有一束人造花，而在二十公尺外的樹叢中，可以見到被拋棄花束的殘骸，像是五彩碎紙。

村裡每個人都知道這是誰做的。那名搖頭的老婦人如今已離開人世。然而這座墳墓所得到的定期關注，卻超過那些頹圮墓園裡的大多數墓穴。是因為這些關注是祕密給予的，同時得到所有記得此事者的承認嗎？

我曾問過一名村中老人關於這座墓的事。他的回答像狐狸。有個人死在那裡，他說，那麼把那個地方標示起來不是再自然不過的事嗎？

弔詭的是，關於某個混亂時刻的記憶，竟可如此明確。當我坐在開玩笑鹿角與戴帽獵人照片中間的扶手椅上時，心頭浮現的，就是這樣的記憶。那不是我的記憶，而是六十年前在這個房間裡下令殺死漢斯的那股衝動的記憶。是時候了，我該起身去摘酸模，我打算用它來煮湯。

在原野中，礦物、植物與動物這三個王國之間的界線似乎是模糊的。你可看到葉片乾枯地蜷捲在橋上的木板中，看起來像隻蟾蜍。向日葵上的大黃蜂——閣樓裡有個大黃蜂窩——經常被誤認為向日葵的種子。我坐在橋板上，雙腿懸在水面上，望著溪流。溪水比平常來得低，因為上游的水車正在運轉。當水車在夜晚或午餐時間停工時，溪水會上漲二十公分。水車轉動著一把古老圓鋸，將松樹幹切成一片片新板材。政府計畫，於未來的十年間，將在通往北方的森林中，也就是狼群接受戴絲皮娜的那片森林中，砍伐一百五十萬棵樹，以賺取速動收益。改變的不只水位，還包括水的顏色。這個下午，水很清澈。其他時候，溪水浮腫而暗沉，像是碗裡浸泡著乾香菇的水色。為何透過水流看到的沙如此吸引人？這條溪流影響著兩岸每棵樹木的成長，其中有些樹木的年齡甚至遠超過那棟房子。溪澗表面的水流痕跡，以及因為石頭落枝而激起的圓形漣漪，都讓我想起絞花針織。下針三，上針三……我憶起了棒針。

變模糊的不只三王國的界線，還包括過去與現在的分野。現在此地的這條河喚做「淩」（The Szum），過去彼方的那條河稱為「清」（The Ching）。

清河打郊區小花園的底下流過，那是我六歲以前居住的家，位於海恩公園（Highams Park），東倫敦的一處廉價郊區，從利物浦街搭火車二十分鐘。花園裡種了秋麒麟草和蒲葦。還有醋栗樹和金盞花，金盞花是我母親種的，那是她最愛的花。在西班牙文裡，金盞花稱為*maravilla*，意思是奇妙驚嘆不可思議，在墨西哥，那是死神嘉年華的花。清河和淩河一樣，大約三公尺寬，有一條父親為我建的開合橋可以穿越。每個週六下午，父親不用上班，我們會一起走到橋邊，橋垂直地立在我們這岸，我們利用一套繩索滑輪系統將它放下，直到它水平倚靠著對岸。這樣，我們就能過到對岸而不弄濕雙腳。和我此刻坐在上面的橋樑一樣，海恩公園的開合橋也是用板條搭建，可以從板條間的縫隙看見溪水，不過這條橋窄多了，只有我五歲時雙臂伸開的寬度。那座橋沒通往何處。河對岸是一片繞了圍籬的市民菜園。穿過橋後，我們就只是站在對岸，往回看。

清河是我父親的河。有好幾年的時間，那條河是他人生中最美好的事物，他想與我分享。它可以滌淨並記住那些永遠無法痊癒的傷口。它可以讓芥子氣消散。它有著如同浚河一般的濕唇，低聲輕喚著名字（1918年戰爭結束之後，當了四年步兵上尉的父親，在法蘭德斯的國殤紀念墳場委員會[War Graves Commission]又服役了兩年）。清河無法帶回無數死者當中的任何一人，但父親可以越過開合橋走到對岸，站在那裡一兩分鐘，假裝他還是1913年那個二十五歲的年輕人，無法想像即將來臨的四年壕溝戰裡的任何一小時。

當他放下開合橋時，他可以借用我的無邪來喚回他的天真，除了週六下午的這些時刻，那份天真已經永遠消失了。

所有這一切，在我四歲半或五歲那個年紀，當我趴臥河岸，讓清河之水繞著手腕流過時，我的血液就已經知道了。我黑暗的血液。

這些週末午後，是父親和我所分享的一項約定的開端，直到他去世，如今，我仍獨自進行著。

從我十歲開始一直到他七十歲為止，我們之間的針鋒論辯幾乎不曾中斷。偶爾有些休戰時期雙方都棄甲收兵，但總是為時短暫。我用我的未來讓他驚慌。他所深信的每件事，我都想推翻。他試圖拯救我——匍匐爬行到無人地的一處彈坑，把我拉回比較安全的地方；而我，仗著年輕人的所有傲慢和恐懼，試圖向他證明，我所謂的自由是有可能的。

這些爭戰有時殘酷而苦痛，我們兩人都很魯莽且不計後果。他比我更常流淚，因為我所攻擊的傷口揭開了舊疤，而他對我的攻擊則激起防禦性的憤怒，並往往伴隨著年輕的叛逆。然而，在這段漫長的爭鬥中，我們從未忘記彼此的約定且始終堅持著，那項約定是從我們默默無語地一起走過清河的開合橋開始，我們從未公開說出（我正用一枝舊鉛筆寫下這段，鉛筆的痕跡淡到我無法在夜燈下重讀這些文字，在他死後二十五年的此刻，我所說的東西，還是只能以耳語道出）。那麼，它是什麼呢，那項約定？那是他可以和我分享但無法和其他人分享的約定，是他那四年壕溝戰的鬼魅人生，他之所以能和我分享，是因為我已經認識他們；他們對我而言，是那麼的熟悉而親密。

我們為我的未來爭鬥，毫無保留，絕不妥協，然而在這過程中，我們兩人一秒鐘也沒忘記，我們分享了另一場不可拿來比評的戰爭的祕密。我父親以他這個人教會我如何忍耐。而我，則以我這個人讓他想起他並不孤單。

週末午後悠悠漫長。時間似乎大發慈悲地停住了。躺在橫越淺河的寬橋木板上，闔上眼，兩條溪水的聲音，沿著蚊虻的聲音、沿著遠方狗吠的聲音、沿著高樹葉片的聲音，會合為一。而在這兩條溪水的流波中，有著同樣的冷漠淡然。

父親有雙溯溪靴，他穿上它們站在水中照料那座橋。比我身高還深的水，直達他的大腿頂端。母親只在醋栗成熟而她打算拿它們做果醬時，才會下到河岸。其他時候，這個大約十公尺長四公尺寬的地方，就像酒吧、彩券店和撞球場一樣，是完完全全的男性領域。

有個週六，我發現一只溯溪靴，我把兩隻腳踩了進去；鞋緣高達我的頭，它把我包了起來，我在它裡面沿著岸邊跳啊跳的，笑著。父親也笑著。我整個人裝在他的一只靴子裡。而我知道，他在另一只靴子裡。當我們一起大笑的時候，他知道我知道。

1917年3月18日，他在給他父親的一封信中寫道：我停了一會兒，想著是否應該帶領三十名士兵穿越這樣一座地獄；就在那時，我的中士從掩蔽壕裡爬上來，在槍林彈雨的狂嘯中，以最高的音量對著我的耳朵喊道：「對不起，長官，我們願意跟著你穿越地獄。長官，請你想想我們。」決定了。走吧。我們開始往空地衝——一開始很幸運——他們的機槍瞄準我們，我們跳進一處彈坑——腰部以下全泡在水裡——我們的彈藥全濕了——我們依然走著，沉重而緩慢——槍聲沒一刻停歇。

我們碰到落隊的士兵往回走——有些昏頭，有些受傷，許多奄奄一息。沒人知道我們最後能否衝過去，我對我的中士喊道，用最快的速度向前衝，我會先行探路，確認前方的情況。我的事務員和另一個人跟著我。然後我遇見一個發了狂的砲兵軍官；情況似乎是，他無法和步兵取得聯繫，他不知道他的砲兵連剛剛射擊的彈坑裡，躲的究竟是我方還是敵軍。他當著我的面用左輪手槍轟了自己的腦袋。

我的手下困死在泥土彈坑裡，我花了一個半小時才把他們挖出來。我的最後一滴水滴在一名受了十處傷的士兵身上。

一名包著白頭巾的女人朝淩河之橋走來，拎著滿滿兩籃鮮掘馬鈴薯。剛從土裡挖出的馬鈴薯，閃著溫熱白光。像母雞的雞蛋那樣暖亮。那女人流著汗。我在某次造訪中認識她。她叫波吉娜，替米雷克照顧花園，以此交換她需要的蔬菜和花卉。因為淩河的關係，這裡的土壤比主路那端村中心的要肥沃。於是波吉娜在自己的花園裡養雞，而在米雷克的花園裡種菜種花。在今晚我將就寢的房間裡，我會聽到她的公雞破曉之前從遠方傳來的咯啼聲。

我連忙站起來，問她可不可以給我五六顆馬鈴薯。我正想著我的湯。波吉娜放下籃子，抓起我的雙手，拉到我面前。然後，她將馬鈴薯一顆一顆地放到我手中，直到再也放不下為止。我的年紀幾乎是她的兩倍，然而她這動作，不知怎的，竟像是在對待我體內的那個小孩。

假如說，打戈登大道（Gordon Avenue）花園底下流過的清河是父親的最愛，那麼我的最愛就是隔壁的房子。那房子不像馬路上的其他房子那樣有正門，但它有扇側門，在距離我家外牆大約兩公尺的地方。那扇門很少上鎖。按照慣例，正門總是鎖上的。我隨時可以溜進隔壁的房子。

打開門，是一間鑲了護牆板的小室加上弧狀的木頭天花板，這房間八成是後來增建的，也許先前是做為洗衣房和曬衣間。如今，這房間的形狀，木頭，以及裡面除了一張緊貼牆面的長椅和矮桌之外別無他物的景象，讓它看起來像是一艘翻過來的小船。有一扇窗——在船尾部位——開向後花園，那裡種了一棵洋梨樹。11月的時候，這房子的主人，會在翻過來的小船裡的矮桌上，仔仔細細地擺滿洋梨，一排接著一排，沒有任何兩顆挨在一起。

長椅上有只靠墊，那只靠墊在悠悠流逝的歲月中慢慢變成我的。小船似的房間通往他們的廚房，廚房門通常是打開的，我可以坐在長椅上，聽他們用自己的語言講話的聲音。有時他們的狗狗，和我肩膀一般高的萬能梗，會躺在地板上，讓我摸牠。牠那金屬絲線般的硬毛髮，聞起來有菸草的味道。牠的名字我忘了。如果我能想起來，我就能重新進入另一個房間。有些時候，長椅上擺了一些書或紙張，我就看著上面的圖片。其中有些是童書，不過那房子裡並沒小孩。那家女兒已經十幾歲了，身材高挑，髮色如墨，剛從學校畢業。

那家媽媽知道我進去，並任由我那樣待在裡面。有時，客廳裡的留聲機會傳出音樂，那家失了業的爸爸，坐在裡面看報紙。究竟是什麼原因引誘我每次一有機會，就忍不住溜進隔壁的房子？是等待的樂趣。漫長等待的樂趣，漫長但確信的等待，直到生命盡頭我都不會忘記的確信。

最後，那位把方巾高高繫在頭頂的媽媽，會從廚房裡為我端來一只托盤，如果是下午，上面擺的是肉桂蛋糕和熱巧克力。如果是早上，則換成一罐優格。在1930年代初，除了少數的健康食品狂外，倫敦人根本不知道什麼是優格。她從沒親我。她從某個距離之外親切地看著我。她對待我的方式，彷彿知道我有一項人生使命，而她知道那項使命是什麼，並祈禱我能實現它。也許那項使命就只是順利長大，變成一個男人。

只有卡梅莉雅，她們的女兒，可以輕鬆說英文。她帶我到艾平森林[7]探險。她讓我觀察動物如何死去：牠們倒下，牠們再也沒離開過土地。我們兩人都帶著刀，砍除捲鬚、藤蔓、叢草。她帶我看到的東西是個祕密。當旁人問起時，我們會解釋我們去了哪裡，但我們從沒告訴別人我們看到什麼。

我畫了一張貓頭鷹，然後我倆一起把它藏進被閃電劈開的一棵橡樹凹洞裡。等我們下週回去時，畫不見了，樹洞裡塞滿

7　艾平森林（Epping Forest）：倫敦地區最大的公共森林，佔地約六千英畝。

羽毛。我們把那些羽毛收集起來，卡梅莉雅說，我們可以用它們來寫作。我想那時她指的是字母表。而在我正當書寫的此刻，我的確可以用它們來寫作。

卡梅莉雅一家來自奧匈帝國的某處，在第一次世界大戰結束之前，跨越浚河的這座橋便是屬於奧匈帝國。我從不知道，迫使他們離鄉背井的那場災難究竟是什麼。我所知道的只是他們的思鄉病，以及用來對抗這種思鄉病的種種方法：草藥茶、香囊、乾燥薰衣草、李斯特（Liszt）的唱片、乳酪蛋糕、乾香菇、穿襪子的特殊方式。不論他們的故事為何——不是猶太人那種——鄰居爸爸必然牽涉到某種不名譽事件，我可以感覺到這點，而這也是他老是望向某處、半天不說一句話的原因。他正等待某個訊息傳來，可以矯正那項錯誤。當然，那個訊息從沒傳來。

我走向野酸模生長的田野。我把波吉娜的馬鈴薯疊成一小堆留在橋板上，它們在那裡像雞蛋一樣閃著溫熱的亮光。我用口袋隨身刀割下一株株酸模。酸模的大小和小蒲公英差不多，但酸模葉的綠色和它的味道一樣，既甜又酸，酸多一些。它們成叢長著，於是我坐下來，在草地上攤開手帕，將割下的葉片放上去。

傳統繪畫總愛用無花果葉來遮住人類的生殖器，這其實有點滑稽——無花果葉太過閃亮，也太像紋樣。野酸模遠比無花果適合，因為它的葉片感覺很像當你伸手碰觸生殖器時那種羞澀發青的皮膚。就跟羞澀發青的皮膚一模一樣。一模一樣。我摘得夠多了，可我依然坐著。

看不見鳥的蹤影。偶爾，會有響亮的顫聲從周遭樹叢的葉片間傳來。感覺像是葉片自己在唱歌！我記得在戈登大道上時也曾有過同樣的感覺。這兩個時刻並非相隔遙遠的兩個年代，而是屬於同一季節、同一小時。我把刀子擦乾淨，收起來。

一陣暈眩突襲而來。文字不再有意義。萬事萬物都是一場連續。

璜，你要我為你寫一篇關於口袋隨身刀的故事，口袋隨身刀和少年時代。我告訴你，我覺得口袋隨身刀總是和手電筒如影隨形。一個口袋放刀子，另一個放手電筒！我從沒抽出時間寫下任何東西。然後，你竟不可思議的死了。

你一臉嘲諷地看著我，就像我期望的那樣。聽著，這就是刀子的故事！

我手上握著的這把刀，是在約斯佛（Josefow）小村製造的。我看過這把小刀製造者的墓。從任何方面來看，他都是個值得驕傲的人。他是個工匠，也許是做挽具的或做馬鞍的。

他有三個孩子，兩男一女，女孩最小。可能是因為他知道她大概是他最後一個孩子，或是因為她瘋狂的藍眼睛和黑頭髮，或是因為他自己的緣故，他特別寵愛她。

那是1906年的事，經過前一年風起雲湧的叛亂和起義之後，當時，全波蘭人都在等著看事情會如何發展。歷史學家後來會把這稱為革命。

蔓延全國的抗議活動，是關於貧窮、飢餓、工作狀況，以及最重要的波蘭語的問題，當時規定，任何學校都不准教授波蘭語，也不得使用在任何公務上。佔據這個國家的俄羅斯人、普魯士人和奧地利人，都想要壓制這個語言。許多男男女女為了捍衛他們自身的語言權而倒臥血泊。為了某種衰微而死。某種衰微和某些名字！那女孩的名字叫依娃，生日在5月。

經過慎重考慮之後，依娃的父親決定要送一把口袋隨身刀當這女孩的生日禮物，他將在他的鋪子裡為她量身打造這把刀。他注意到，她總是纏著其中一位兄長，要他把口袋隨身刀借給她。

她的刀應該要小巧，合起來時不超過九公分，打開時不超過十七公分。握柄應該用公羊角，蜂蜜灰色，略帶透明。他會在阿雷克山德羅（Aleksandrow）的羅姆克商店裡找到這樣一支公羊角，把它劈開，用四根銅鉚釘把切成兩半的羊角鎖在鋼製刀脊上，然後略為彎曲地朝刀尾黏貼過去。鋼製刀身也要略成弧狀，朝某一點逐漸縮窄。

父親真的做好了這樣一把刀。小巧而女性——像是為一頭厚實黑髮打造的髮夾。當你把刀子合起來，握在右手掌心時，刀身會發出閃耀光芒，像最後階段的下弦月。它很小巧，但你可用它為鱒魚剖腹，為洋梨削皮，割下野酸模，拆開封信緘，為山羊的裂蹄除去石子——假使那隻山羊夠冷靜的話。總之，那是一把奇特而古怪的刀。

誰知道，那位父親是在製作過程中的哪個時刻，做出他的決定。是在他第一次想到這把刀的時候？或是要到最後階段，在他做好刀把，但還沒用單根螺銷把刀身裝上去之前。

這把刀的奇特之處在於，它的刀刃和刀背一樣厚，一樣圓。這是一把不讓人切東西的完美之刀。它的刀身被取消了。在二十世紀初的1906年，當革命和軍隊朝群眾開槍變成整個中東歐地區的生活常態時，一個男人做出這樣一把刀，是為了讓他心愛的依娃減少割傷自己的機會。

當你打開它時，璜，你會聯想到你正握著一件哈姆雷特之物。其中包含了一種可清楚辨識的欲望，以及與之並行的，由這欲望所激起的恐懼。一把優柔寡斷的刀。不論打開或合上，總是懊悔的刀身。

這就是全部的故事嗎？這把哈姆雷特之物戰勝了種種不利條件熬過了它的世紀存活下來，它還訴說著另一件事：訴說著一份願望，願所愛的人擁有一切，一切！

我決定從菜園裡拔兩把韭蔥。我需要一支耙子，因為園裡的土被烤得很硬。門廊上應該有一支，還有斧頭和十字鎬。我找到了，拔了韭蔥，將乾土從潔白的根部甩掉。韭蔥聞起來像紫羅蘭和鎳幣。

回到屋裡，我走進獵人和鹿角隔壁的房間，給房裡的時鐘上發條，並調到正確時間。房裡有件家具，那模樣在我來到這裡之前從未見過。

也許，有將近一個世紀的時間，這件家具從未發揮過它最初的用途。也許在某個喝醉酒的夜晚，女人曾用它來挑逗男人。也許，曾經有某個女人光著身子爬上去，而男人在她越來越進入高潮時喘著氣。其他時候，它就那樣杵在那裡，沒人使用，沒人碰觸。而且，儘管它很佔空間——它佔據了一公尺寬三公尺長的樓地板空間，外加兩公尺高的垂直空間——但是從來沒人想把它丟了。要這麼做很簡單，可不這麼做的原因也有一堆。

它擁有某種令人敬畏的氣質；它的精準和光亮暗示著它是經過深思熟慮的想像，並根據詳細的草圖耐心建造完成的。它是用修長刨光的山毛櫸木製成，形狀像字母A，只不過它是三度空間——或說四度，如果你要把它向上飛騰的旋律計算進去的話。

它是一架鞦韆，室內鞦韆。刨光的橫木座椅（字母A的水平一劃）高高懸離地面。它不是為某個小孩而是為某個女人做的，也許是在她宣稱她打算懷孩子的時候。一個寶座，一把搖椅，一張育嬰座，一架鞦韆，一根棲木。我鬆開繫繩，輕搖座椅。它向上飛騰，回來，飛騰，回來……我聽見鐘聲滴答。我想起第一次來這裡時，我幫著米雷克把鞦韆從我們用餐的房間移到這間有張床的房間。我還記得，當我們把這架鞦韆在這個新房間裡安置好後，他是怎麼看著它的。他看它的眼神，彷彿它是一件遺物。

米雷克同時具有盜獵者和客棧老闆的才能（消瘦與營養充足之人），這些才能很適合他在巴黎找到和執行的那些祕密工作：為巴黎人蓋煙囪、貼瓷磚、搭陽台、修屋頂、安裝中央空調系統、建雙層公寓，或用特別指定的顏色重新粉刷臥室。他身強體壯、眼神犀利、擁有工程師般有條不紊的聰明才智。他還有別的才能：他規劃每件工作的獨特方法，因為沒有兩件工作是一樣的。

他唸書時和母親住在札莫斯奇（Zamość）的小房子，那時，他母親的兄弟贊尼克和他們一起住。贊尼克幾乎全身癱瘓。他無法說話，但他注意每一件事！

每一件事——那是我愛他的原因。放學後我會和他說話，我們之間發明了一種語言，獨一無二的語言，既非波蘭語也非俄語，不是立陶宛語、法語或德語，是一種除了我倆之外沒人會說的語言；也許每一份愛都能發明一種辭彙，都能打造一處掩體躲藏其下。和他在一起，我找到一種永生難忘的東西。

贊尼克一個人在札莫斯奇的小屋裡度過白日，因為他姊姊得去工作。她出門前，會替他放好當天的報紙。他讀遍報上的每一條消息，他無法翻頁。1970年12月，格但斯克（Gdansk）的波蘭士兵受命向罷工的波蘭工人開槍，這些工人是為了抗議物價飆升和食物短缺，那天早上，贊尼克要求姊姊把收音機開著。平常，他的白日是由寂靜管轄。

米雷克在學校時仔細思考了這一切。他開始畫各種圖解，最後做出一具收音機，讓他那位躺在床上無法動彈的舅舅，可以用鼻子啟動它的控制系統！

沒有任何兩件工作是一樣的。

在巴黎，米雷克學會如何工作且不引人注目——在錯誤的時間從車裡搬出油漆用的樓梯，或是把碎石包丟進街頭垃圾箱，都可能引發立即遣送回國的危機。他找到可以用現金當場購買原料和所有東西的地方。他已經習慣以不回嘴的方式堅守他的基礎法文，他傾聽、等待並確定他得到當初承諾的報酬。他用辛苦賺來、細細藏好的錢，想像著有一天可以在故鄉蓋一棟怎樣的房子。在巴黎工作了五年之後，他在華沙買了一棟兩房公寓。他還有其他夢想。他成了另一位波蘭騎士，只是老多了。與此同時，他靠著兩只皮箱裡的東西和幾十首波蘭歌曲生活著，包括好幾首他舅舅在收音機裡最愛聽的歌。

我又推了一下鞦韆。鞦韆往上飛去，然後盪回到我頭部的位置。

在巴黎，女人紛紛愛上米雷克——那些飽受磨難、如今定居國外獨立養活自己或追求事業的波蘭女人。其中有些人是第二次愛上他，因為他們在學生時代就已認識。夜裡，他帶她們去馬恩（Marne）河垂釣。他為她們煮羅宋湯。他們在床上纏綿一整個週日。他們一起收看波蘭衛星電視。和他在一起時，他彷彿能讓眼前的危機停住。

一個接著一個，這些女人毫無例外地盡一切努力想說服米雷克和她一起住在德國、瑞士，和美國的休士頓，幸福地待在一起。芝加哥的波蘭人尤其多，超過華沙以外的任何城市。這些女人一直獨自撐持著她們的勇氣，她們知道絕對不能回頭望：而只能往前看。她們依然喜歡吃冰淇淋。而每一個人，都以各自的方式熱切希望米雷克能留在她身邊。然而，其中沒有一個人考慮和他一起回波蘭，在那裡生兒育女，讓子女在那裡唸書，在那裡陷入情網，於是到頭來，她們只能離開，只能說再見。她們每個人都以各自的話語告訴米雷克，你是我的夢想，但你不了解女人！

於是，兩年前，米雷克望著那座室內鞦韆，彷彿它是一件遺物。

敲門聲。沒有汽車駛近。我穿過門廊，門廊的破窗已換成不透光的塑膠板，我打開下陷的大門。波吉娜捧著一碗雞蛋站在門外。給你做酸模湯的，她說。除了定期到札莫斯奇跑腿以及偶爾造訪盧布令[8]外，她從不離開這個小村。顯然因為如此，她注意到我站在這棟房子的門道上，這棟她永遠熟悉的房子。這棟沒人居住的客屋。這棟沒有門階的房子。我謝謝她，她轉身離開，用她多年來從未變過的步伐走著。

我把馬鈴薯削皮、切片，培根切成小丁，清洗韭蔥。韭蔥的外葉撕下來像一只只緞袖，閃爍著光芒。接近頭部的位置，

8 盧布令（Lublin）：波蘭東部的最大城鎮和政經首府。

泥土總會滲入外皮之間，於是我垂直切了一刀，輕輕甩動如書頁般的皮層，洗去滲入的髒污。將韭蔥切成小圓片，刀子發出制輪般的噪音，那是我記憶中最古老的聲音之一。

四天前，米雷克和棠卡結婚了。一小時後，他們將出現在這裡。

棠卡出生於加利西亞（Galicia）的新塔爾格（Nowy Targ）。在社會主義統治時期，這小鎮有家鞋工廠，雇用了三千多名工人。那是波蘭最大的鞋工廠，蓋在這裡是因為該鎮悠久的製革傳統，一直以來，這裡的皮革都是來自鄰近喀爾巴阡山的牛群。如今，工廠關閉，小鎮貧窮。新塔爾格的居民沒人挨餓，不像米蘭或巴黎，然而這小鎮似乎籠罩了一層沉默之幕，因為這裡沒有任何計畫可以討論。這小鎮就像塵土一樣，活過一日又一日。六七輛計程車為了偶爾出現一次的客人謹慎地在主廣場旁邊等著，通常是一名外國人。棠卡是五個兄弟姊妹中年紀最小的。她父親過去在工廠工作。姨媽有兩頭乳牛。

九年前，十八歲時，她離開新塔爾格，去了巴黎，費盡辛苦找到一份女僕的工作。清潔人員的薪水，但真正的工作是為雇主照顧兩名小孩，雇主租給她車庫樓上的小房間，他們在車庫裡停了好幾輛車。她在那裡睡覺，兩名小孩長到夠大時，則溜進那裡聽她講睡前故事。幾年之內，棠卡便說得一口流利的法文。

米雷克是在某個週五晚上，她的休息夜，遇見棠卡，地點是巴黎一位共同的波蘭朋友的生日派對。

我正在煎鍋裡翻炒韭蔥、培根和馬鈴薯，我正在虛構他們的愛情故事。

相遇的初夜他們便注意到彼此。他比她大十五歲。她留意到他說話的口氣。他說起話來像是在某個遙遠的大學裡做研究的騎士，但她一點也不害怕。他注意到她的肩、頸、口；他們分享著某種堅持，天鵝飛翔時的堅持。然後，某一刻，他將手放在她肩上，她不發一語。她說得很少，她比較喜歡別人閱讀她的思想。那天晚上結束時，他載她回家，路上，她告訴他自己照顧那兩個小孩的事，他則跟她說了他在華沙買下的公寓。

他把「迅速盒子」（Budka Suflera）這個華沙團體的CD放進音響裡。

當車子開抵她雇主家時，車停了，但她沒下車，車子轉了個彎朝巴黎的另一邊開去，米雷克住的那邊。

> 豔紅的罌粟已在
> 摯愛的身軀已痛
> 在吾等前額敷上
> 維利奇卡[9]的酷鹽。

第二次碰面，他們看了彼此的照片，他為她煮飯。

你在哪裡學得一手好菜？

我教了自己二十年了。

她說，他睡在她那兒比較好，這樣就不必這麼早起床。

女主人沒意見嗎？他問。

我付她房租，她說，只要你高興，你整天都可以睡我床上。

9 維利奇卡（Wieliczka）：位於克拉科夫東南郊，擁有世界最大也最知名的地下鹽礦產區，該鹽礦已成為波蘭的象徵之一。

我把所有東西從炒鍋裡慢慢倒進一只加了鹽的滾水湯鍋。

兩個禮拜後，棠卡滿懷理想的表示，她至少要生兩個孩子。

兩個？

一個接著一個，要快，這樣你才不會太老！

我太老！

不是現在啦——不過十年後，當你打算教他們釣魚，或陪他們去爬三皇冠山[10]時，你就太老了。

妳爬過嗎？

小時候和我哥爬過。還看到一些野山羊呢！唉喲，男人從來就不習慣解鉤釦。讓我來吧！

我用口袋隨身刀切著酸模葉。切得細細的，但不能太細。看起來要像綠色的五彩碎紙。

10 三皇冠山（Mount Trzy Korony）：波蘭南部皮耶尼尼山脈（Pieniny Mountains）的主峰，位於與斯洛伐克交界之處，高九八二公尺。

她證實自己已經有一個半月的身孕了，他們決定在小孩出生後結婚。

再過幾個禮拜我們就會知道，他說，到底是男孩或女孩。

要在新塔爾格舉行婚禮！她說。不，她一點也不夢想在巴黎結婚。

但他們會在巴黎買結婚禮服。

選結婚禮服和挑其他衣服不一樣。穿上禮服的新娘，看起來必須像是來自某個在場人士不曾去過的地方，因為那是她娘家姓氏的地方。即將出嫁的女人，在變成新娘的那一刻，也將轉換為陌生人。轉換成陌生人，好讓她即將委身的男人可以像初次見面那樣認識她；轉換為陌生人，好讓他們許下誓約的那一刻，那個娶她的男人能讓她感到驚喜。為什麼依照慣例，新娘在婚禮前都得躲起來？就是為了方便這場轉換，讓新娘看起來像是來自地平線的另一端。新娘的面紗，是距離的面紗。一輩子住在同一個小村裡的女人，當她以新娘的身分走在村莊教堂的廊道上時，所有人都認不出她了，並不是因為她戴了偽裝，而是因為她變成被迎接的新來者。

棠卡，在多次甜蜜的猶豫之後，選定了她的抵達之服。鏟形的頸線，裸露的肩膀綴著蕾絲，緊身馬甲繡了上千銀線，荷葉飾邊的緞面長裙，加上十二朵薄如棉紗的白玫瑰。這身行頭要花她四個月的工資。別猶豫了，米雷克說。一件用蕾絲、緞子做成，還有和床一樣寬的荷葉邊的巴黎禮服——等我們去到華沙時想要賣了它，根本不可能！

所以，我們可以把它留給奧雷克嗎？她問。這時，他們已經知道她懷的是男孩。

他們計畫先搬進華沙的公寓，以後再換大一點的房子。米雷克打算開始做些安裝浴室、浴缸、三溫暖之類的工作。他再也不想像匹騾子一樣在營建工地出賣苦力；他想成為沐浴專家。然後，等他們找到更大的公寓之後，棠卡想從事育兒工作，照顧自己的小孩，也照顧別人的小孩。

我把蛋放進水裡煮熟。淺淺的水槽上方，拉了一條晾桌巾抹布的繩子，繩子下面，一堆圓木擱在廚房的灶爐旁邊。由於這房子已經空了好幾個月，繩上沒任何東西晾著，只有一枝長柄湯杓掛在那兒，杓子的部分經過重新改造栓接，看起來像是有一個喉嚨和一個嘴可以從裡面倒出東西。它被改造成一個不可思議的多功能器皿，可用來分湯、盛芥末醬，以及把熱騰騰的果醬注入罐子裡。關於這棟沒有女人的房子，我所不知道的故事之一是，男人也必須做果醬。

奧雷克出生時，重四千兩百克。他是在巴黎第十九區的一家醫院出世。棠卡的雇主替她弄到一些文件和工作許可證，好讓她可以繼續留在他們家，直到他們找到可信賴的人來替代她。她是無可取代的！男主人說。沒有誰是不可取代的，女主人說。

當棠卡回到車庫樓上的房間時，臉上還洋溢著幸福充實的表情。她耳中聽到的不再是自己的聲音，而是日以繼夜地、從她兒子身上發出的聲音。一個禮拜不到，她便開始工作，帶著奧雷克到處走。主人家五歲的女兒，表示她也要生個小嬰兒。像他一樣的小嬰兒。她看著棠卡給奧雷克哺乳。在她說了她也要生個小嬰兒之後，她將頭倚在棠卡肩上，彷彿自己也分攤了做母親的憂慮。

在他們的巴黎波蘭友人當中，奧雷克從一雙接著一雙的手裡傳來傳去，男人的手往往腫脹或傷痕累累，被水泥弄得粗糙不已；女人的手常常過度潮紅，像是被連續不斷的燙衣洗衣過度舔噬。大家都說嬰兒像米雷克，同樣的寬手掌，同樣的藍灰色眼睛。瞧！你瞧！連耳朵也一樣。身為一名驕傲的父親，或許米雷克也很想看起來像他兒子。

如果我能有另一個人生，誕生在另一塊大陸——我相信，那將是某種會合之地，我是在偶然經過時碰到的——我肯定會想成為波蘭人，即便我不知道波蘭在哪裡！

一個小房間。大家坐在椅子上，一隻小凳，一張喀嗒作響的床靠著牆。在擠滿人的小房間中央的地板上，小嬰兒睡在手提搖籃裡。他們聊天、編織、講故事、切香腸、討論物價，但他們的眼睛全都時不時地轉回到那只搖籃上，彷彿那是一把火，它的光芒吸引了他們的注意力。每隔幾分鐘，就會有人站起身走過去，貼近地看著小嬰兒。那把火變成一場家庭電影，只能以攝影機的取景器看到特寫鏡頭。如果小嬰兒醒著，他們會抱起他，緊貼在胸膛。男人做這動作和女人一樣自信滿滿，只要一隻巨大無情的手，就可完全抱住強褓中的嬰兒身軀。義大利的聖母是莊嚴的，她們的小孩受人崇敬。在這裡，他們的頌揚是另一種。那些非法移民圈的工人們靠牆倚坐，驚訝地注視著一場遙遠的勝利。當然，嬰兒的誕生並非驚喜，而是期待。但隨著時間不斷流逝，生命逐漸成形，這場勝利一直到要打贏之後才得以確立。那些還沒喝醉的人逮著機會痛飲，眼睛微濕。所有人都因為這項來自遠方的勝利消息而同感震驚。

奧雷克的小手壓著棠卡的胸膛，吸啊，吸啊，然後體重增加。他的父母也是。食物變成了他們三人之間的一種許諾。

有一天米雷克說：妳和我必須減肥。

為什麼？

這樣妳才穿得進妳的結婚禮服。

她臉紅，因為她知道他說的是真的。

給我三個月的時間。

蔬菜煮熟了，我把它們一一塞進手搖攪拌器。我在餐廳的櫥櫃裡面發現它，擺在湯盤後面。我用左手把機器的腳用力壓在桌子上，讓機器跨在一只大碗上，然後用右手轉動手把。這方法是我母親教我的，那時我的手還太小，操作起來比我想像得困難多了。等你長大就沒問題了，她說。

在婚禮上，客人往往會盛裝打扮，所以他們的人數看起來通常比實際多；喪禮則相反。但是在新塔爾格的這場婚禮中，客人確確實實有一百位。

棠卡安祥而鎮靜。她看起來像是剛剛沐浴過、穿上禮服，走進教堂。她散發出一種清新的氣息，得花上好幾天才能達到的令人喜愛的清新。她的頭髮用長長的葉子編結起來，然後織進尖角形的小髮飾，做出一頂像是草坪上雲雀鳥巢的皇冠。當她走進教堂時，身上的每個部分都讓人聯想起草地——幾小時後，這一切就會改變。

米雷克一身極淺色的西裝，配上印地安式的立領，一副活像是正步出賭場準備去享受陽光的賭台管理員。

當這對新人走在廊道上時，我尋思著，有多少婚禮，不論時代或地方，曾走過同樣的時刻：從井裡汲出水的那一刻？（流經失業小鎮新塔爾格的兩條河流，分別是黑河[Black Dunajca]和白河。）曾從井裡汲出水的新娘，會在肩膀上頂著一只大水罐。新郎或許能覺察到這點，但他當然是看不見。水罐從不曾出現在婚禮照片中，因為它只能從後面瞧見，以五百分之一秒的速度。我想，我們曾在某一瞬間看見一只水罐立在棠卡的肩膀上。

神父很年輕。這座四萬人口的小鎮共有十位神父。除非逼不得已，新人不會在四旬節或基督復臨節舉行婚禮，也不會選擇11月，據說那個月會給婚姻帶來厄運。婚禮通常在週六舉行，好讓慶祝活動盡可能延長。我猜，這位年輕的神父每年大約會主持三十到三十五場婚禮。

演說時，他的聲音聽起來很睿智。他有雙敏銳的眼睛，而反覆講誦的次數還沒多到讓他志得意滿。他很清楚，他所主持的每一場婚姻，都是在一張錯綜複雜的網羅裡取得同意，由算計、欲望、恐懼、賄賂與愛交纏而成的網羅，因為這就是婚姻契約的本質。然而，每一次他給自己定下的任務，就是去找出這張羅網裡的純粹部分。他像個獵人一樣走進森林，開始追蹤純粹，把它從掩蔽處誘勸出來，讓在場的所有賓客，尤其是那對新人，能認識它。

這不是容易的工作，即便是碰到男女雙方不計一切、瘋狂陷入戀愛的罕見情況，這工作也未必更容易，因為當欲望相互滋長成熱情的時候，往往就成了這兩人對抗冷酷世界的一種陰謀，而他無可避免的會瞥見到，這樣的欲望顯然是被上帝摒棄的。他所尋找的純粹線索當然永遠存在，他的困難之處在於，純粹一旦被人發現，必然會立刻躲回去。你很難像戴絲皮娜悄悄靠近狼群那樣偷偷接近純粹。蕭邦曾在幾首馬祖卡舞曲中做到這點，還有莎芙（Sappho）的幾闕斷簡殘詩。

年輕神父在上週六的新塔爾格成功完成了任務，有那麼一刻，他顯得容光煥發、幸福洋溢。也許他所找到的純粹，那個沒逃進掩洞裡的純粹，是住在十個月大的奧雷克身上。奧雷克和他父母一樣一身全白，在漫長的婚禮過程中，他始終清醒而安靜地躺在棠卡大姊的臂彎中，她端坐著，朝著教堂後方的祭壇微笑。

我打開冷水的水龍頭，沖著剛煮熟的蛋，然後將它們放在手掌心間滾動，這樣蛋殼剝起來比較容易。

車隊駛離，新郎新娘坐在第一輛車，車門把與收音機天線上有白色的三角旗飄揚。棠卡與米雷克並肩坐在後座，奧雷克在她膝上，她搖下一些窗戶，放冷空氣進來。車隊司機按著汽車喇叭彼此跟隨，渴望著接下來的音樂和舞蹈。米雷克的朋友大部分結婚都超過二十年了，對於婚姻生活中的困難與沉默，他們再熟悉也不過。接下來的音樂，很快就會讓他們回想起婚姻的承諾。

婚宴是在先前鞋工廠的餐廳舉行。有些客人打算散步過去，只有幾公里遠而已，天氣晴朗，時間也很充裕。那些散步的客人中，有位纖瘦的黑眼女子，她叫賈歌妲，「莓果」的意思，她哼著一首年輕時的歌曲，十年前的。她的一名同伴折下一段樹枝，當成指揮棒似的搖著，為她的歌詞伴奏。

車隊在一處路障前停了下來，路障看起來很像國界標樁的紅白柱。其中三名邊界巡警做出木偶般的動作，那是長年酒精中毒的後遺症；另外三個是年輕人，失業，正在學習如何找麻煩。攔路打劫和嘻笑怒罵學起來並不那麼困難。

米雷克走下車，打開後車廂，裡面有八十瓶伏特加，他拿出兩瓶。再一瓶！沒問題。雙方都咧嘴笑著。在那笑容背後，有著所有人都能了解的深邃體悟。

我把切細的酸模放進湯裡，湯變綠了。

當新人與第一批賓客抵達時，兩名樂手正在演奏。這地方大如穀倉，十二張桌子以馬蹄狀排列在一端，另一端是四名樂手——鋼琴手、鼓手、吉他手和歌手。中間，是打穀場大小的舞池。露肩褲裝的歌手像小寫字母「i」般又瘦又矮；以寬如地平線的聲音而聞名。有些客人走進來時，瞥見她，他們沒驚訝地張開嘴巴，而是伸出舌尖，像是在偷偷測試管樂器的簧片，他們希望這樣的音樂能整晚陪伴他們。她在新塔爾格的暱稱是克拉琳奈特。要等到所有賓客抵達之後，她才會開始唱出顫抖之音，從不提前。在這等待的時刻，她和來自塔特拉山區[11]的鼓手翩然共舞。他是個高大的男人，他們的舞踏逐漸改變了他們的身形；克拉琳奈特越來越高，像個大寫的「I」，碩蒯的鼓手則越來越瘦。他們的演出是這個夜晚的第一場變形。

席間準備了香檳供賓客暢飲。還有許多鞍囊似的帶壺栓的聚乙烯袋，只要把壺栓轉到四十五度角，就會有美酒汩汩流出。來自動物小村的啤酒由侍者隨點隨送，盛在高長玻璃杯裡端上來。一整個晚上，每張桌上隨時都有四瓶打開的伏特加，只要一瓶見底，新的立刻補上。每瓶伏特加裡都有一枝深綠色的野牛草葉[12]，為伏特加增添了些許馬鞭草似的香氣。米雷克花了整整一個禮拜的時間才搜尋到這些伏特加。

在我們東扯西聊的同時，我們的目光不時朝棠卡飄去，並非因為她故作醒目狀，而是因為那身純白迤邐的禮服。一輪上升的明月。這或許得歸功於她緊身馬甲上的銀色繡線。但也和她倚桌坐著的那雙纖手與白皙臂膀有關。她的雙手最近學會了兩組姿勢，愛人的姿勢與母親的姿勢。兩組姿勢都注入了無限溫柔，但卻是截然相反的兩種。母親的姿勢穩定而平靜，愛人的姿勢挑逗而激情。她那雙輕鬆擱在桌布上的手，看起來幾乎

11 塔特拉山（Tatra Mountains）：波蘭和斯洛伐克之間的天然邊界，喀爾巴阡山脈最高的一段。

12 野牛草伏特加：波蘭東部的特產，添加了僅生產於該地的野牛草（bisson grass），當地人認為野牛草具有催情效果。

像是開始做糕點之前的午後！但她的手指洩漏了祕密。她的手指比月光似的銀線更閃亮，那是她的光芒來源。

小孩們開始跳舞，裝出一種他們沒有的天真無邪。隨著音樂起舞時，沒人是天真無邪的。看著跳舞的孩童，幾位中年人回想起，他們年輕的時候，如何想在跳舞時保持某種距離；而現在，即便全無可能，他們一心想的卻是如何貼得更近。想要改變這樣的距離——這正是音樂旋律永不停歇的挑逗——想要改變這樣的距離，你只能站起身來，跳舞。有幾對夫妻正這樣做著。

餐桌上的飲宴開始，話題聊著，聊的是旅行者返回家鄉短暫造訪這個波蘭王國。一兩杯伏特加下肚後，我感覺似乎有一百名騎士的馬沿著森林的邊緣栓繫著。

他們談論工作，在愛情中受騙，芝加哥的子姪，教宗若望保祿二世的健康，價格，樹的疾病，年老體衰，以及他們永難忘懷的歌曲。只要一有機會，他們就會把話題轉換成遊戲，玩樂著。

菜餚如好消息般，一道接著一道。每道菜餚之間穿插著喝酒、跳舞，以及衡量著這麼多的好消息會不會太不真實。聚集在這裡的每個人都很清楚，可怕的災難消息會像青天霹靂一樣突然掩至。

克拉琳奈特唱著歌。這世上大多數的歌都是悲傷的。全是關於結束與終了的故事。然而卻也沒有任何一件事比歌唱更當下、更蔑視一切。

髮如萬物之前的
最後薄紗
一髮之隔
無物既存

髮如黎明之前的
最後告別
曉白之前的
無盡黑暗

尋找我
為你尋找我
尋找我的光亮

她的歌聲歇止，第一批開口說話的，是那些發現最難忍受是寂寞的人。

我嚐了湯，加了點鹽，剝蛋。蛋殼剝落如棕色小丑的鼻。

接著是米雷克與棠卡獨舞的時間。奧雷克睡在搖籃裡。他只能藉由照片記憶這場婚禮。誰知道呢？他父母單獨走上打穀場。所有人凝視著。棠卡肩帶上的閃緞玫瑰等著從她肩上滑脫，荷葉長裙上的玫瑰則隨她舞動的氣旋不斷飛舞。所有人凝視著。這對佳偶的身影喚起了許多記憶，以及同樣的疑問。什麼時候這一切都變成了幻影？音樂給出它自己的答案。喋喋不休的聲音說著說著。

新娘不再是草地。她的頸項從豐滿的胸部直伸，她的雙翼展掃過地板。她是隻雪天鵝。她的雪白越舞越大。當他們終於停下舞步，閃爍著甜蜜回到座位上繼續筵席時，許多賓客渴盼著音樂再次響起，好讓他們也能藉由舞蹈分享音樂的答案，不再聽那叨叨絮語。

某一時刻，我離開座位，穿越穀倉。我打樂手身邊走過，感受到震動的旋律。我離開會場，行走在森林邊緣的樹木之間。沒有馬匹栓繫在那兒。拿著薩克斯風的一名男子走向我。

晚安，同志，他說。

這句話讓我認出他是誰。菲力克斯・貝提耶。

他是我居住村莊的銅管隊成員。他是個房屋油漆匠，為自己工作。不管遇到誰，他一律稱對方同志——神父、市長、支持法西斯的麵包師父、殯葬業者，以及上學途中的小孩。這問候是帶著微笑而非諷刺，就好像他把遇到的那個人舉了起來，移植到另一個適合他角色分派的時空。

每年5月，在星期四的耶穌升天日，銅管隊會去到某個邊遠小庄的住家門外演奏。這些小庄是照輪的，每個小庄大約五六年輪到一回，演奏結束後，居民會準備茶點招待大家。由於那時節樹葉還未茂密生長，因此音樂可以傳送到遙遠的田野彼端。演奏的都是耳熟能詳的傳統樂曲。

音樂會結束後，菲力克斯會一口氣喝下兩杯燒酒，把樂團帽調成比較活潑的角度，在穀倉和庫房之間穿梭遊蕩，或繞著小教堂轉，演奏艾靈頓公爵[13]的音樂。他像個夢遊者般緩慢前進，很難說究竟是人們讓路給他，還是他找到一條自己的路徑，沿著音樂打開的通道前進。他像是漫步在另一個時空當中。這正是他眼角發笑的原因。毫無疑問，他是以自己的方式在為現場的觀眾演奏。樂團的其他成員想盡辦法要和他劃清界線。樂隊隊長更是一臉惱怒地抬起雙眼望向天空，不過在耶穌升天節的這一天，他會容忍這個麻煩鬼。

菲力克斯，我問他，今晚你可以為我朋友的婚禮演奏嗎？

同志，不然你認為我為什麼而來？他已經擺出彎身吹薩克斯風的姿勢。

十五年前，在某個星期六晚上，菲力克斯一邊吹著薩克斯風一邊走回家，一輛來自鄰村的轎車在主要道路上撞死了他。

隨著年歲流逝，有些當初由他油漆的房子或貼上壁紙的房間必須重新整修，也就是說，得把他當年做的東西給清除掉。然後大家這才發現，當年在他開始貼壁紙或黏上新鑲板之前，他在很多地方都用他的大號油漆刷潦草地寫下這樣的訊息：利

13 艾靈頓公爵（Duke Ellington, 1899-1947）：美國爵士樂的創始人之一，是鋼琴家、作曲家、樂團領隊和編曲家，率領旗下樂團演奏超過五十年，是爵士樂壇最具影響力的人物之一。

潤是狗屁。窮人上天堂。正義萬歲！

午夜過後，我聽到菲力克斯的中薩克斯風。

這場音樂，就像幾個小時前的那位年輕神父一樣，正在追尋著純粹。當然，不是同一種。音樂追尋的是欲望的純粹，是打渴盼與承諾之間穿過的純粹：可以比生命的懲罰更長壽，或至少略勝一籌的令人慰藉的承諾。

要射殺你
他們必須先
射穿我。

克拉琳奈特的嗓音飆升至外太空，這場音樂追尋到可以讓傷口止血的純粹性。

它提醒穀倉裡的每一個人，沒有傷口的生命根本不值得活。

欲望是短暫的——幾小時或一輩子，都是短暫的。欲望是短暫的，因為它是為了違抗永恆而生。它在對抗死亡的爭鬥中挑戰時間。而跳舞，正是這樣的挑戰。

　　這裡只有一位新娘，一位新郎，但卻有好幾百場婚禮；記得的，真實的，懊悔的，想像的。

　　午夜過後，婚宴中的聲音改變了——變年輕了。年老的客人看起來更老了——包括我在內。一些小孩睡在靠牆的長椅上。奧雷克不受干擾地躺在搖搖床裡，手指放鬆地攤開著。裝空伏特加酒瓶的板條箱越來越重。衣衫不整的樂手成了夜晚的統治者。一名往廚房走去的侍者停下時跳起舞來。

　　每個地方都變得更白。男人脫下夾克和領帶。女人踢掉鞋子光著腳。米雷克還是穿著他的潔白襯衫與珍珠色西裝，完美無瑕。棠卡站著覆滿糖衣的結婚蛋糕前方，推車上的蛋糕與她一般高。然後，她拿出每天早上在巴黎拉開雇主房間百葉窗並將咖啡放在床邊小几上的熟練與專業，切下她自己的第一塊婚禮蛋糕。當每位賓客都拿到自己的那片蛋糕時，放眼所及，全是更加閃耀的白。

　　就在這個時候，十二名男子伸出雙手走向棠卡，並把米雷克拉了過來。他們是古拉里（Gurali），來自塔特拉山區的健壯男子。誰知道呢，也許就是因為他們，棠卡才堅持要在新塔爾格這個失業小鎮舉行婚禮。他們開始合唱，樂手們則根據慣例保持沉默。他們用深沉、和諧的吟誦聲音唱著：

將痛苦拋在腦後，
此刻是擁抱的時間。

他們一邊唱著，一邊將棠卡與米雷克抬離地面，橫躺在他們的手臂中，彷彿他們正斜倚在一只與肩齊高的架子上。

此刻是……

隨著這幾個字唱出，他們手臂猛然向上一拋，把那對新人高高扔上天空。我們伸長脖子看著。他們靠在一起。他們的雙手碰觸到彼此的性。她的長裙如雨層雲般翻騰，罩住米雷克的雙足。米雷克的一隻手伸向腦後探詢著，想要扭息周遭的聲響。不知不覺間，他倆又一起降落在古拉里等待的手臂中，他們被溫柔地接住，再一次發射出去。他們懸在空中的時間，一次長過一次。

過了幾小時，上午十一點，剛結婚的新人和三十位賓客在主廣場會合。我們幾乎人手一支蛋捲冰淇淋，舔著，新塔爾格的蛋捲冰淇淋是有名的。我們準備出發去看一座名叫「海之眼」的湖。Morskie Oko。

事實永遠比虛構更令人驚喜。

1980年代，有兩位朋友在新塔爾格的鞋工廠一起工作。其中一個姓貝達（Bieda），窮人的意思，另一個姓波卡奇（Bocacz），富人的意思。有一天，開完工會會議之後——當時團結工聯（Solidarność）才剛起步——他倆被左莫巡察撞見。左莫是負責反暴動業務的警察。他要兩人報上名來。「窮人」貝達報了名字，結果因為態度傲慢被打得頭破血流。接著輪到「富人」波卡奇。名字？我沒名字。你說你沒名字，是嗎？結果他也因為態度傲慢被打得頭破血流。給我報出你的名字！波卡奇。我懂了，所以你們是一起的嘛，你們兩個，很明顯嘛，左莫警官說道。窮人和富人！結果，他倆被關進牢房，直到他們說出實情。

我們花了三個小時穿越森林爬到湖邊。因為正逢夏季，一路上碰到許多健行者，各個年齡層都有。抵達之後，我們坐在湖畔圓石上，凝望著對岸山峰，湖水靜止，波紋不興。我們凝望的方向，沒有任何人造之物。上千人群寂靜無聲——宛如在聆賞一場表演。我們津津有味地嚼著三明治。棠卡給奧雷克哺乳。米雷克指著他認為可以徒手捕抓鱒魚的地方。在那些岩石下面，他用偷獵者的輕聲耳語宣告著。每個人看起來都因為他們來此看到的東西而感到高興。但那究竟是什麼呢？是那道侏儸紀時代的山脊和它的湖面倒影？還是靜止不動的湖水和湖畔邊緣那從不顫抖的雙唇？

我一邊問自己，一邊把酸奶油全部倒進廚房的一只空碗裡。酸奶油的酸讓它嚐起來沒那麼奶，而多了些性的滋味。我想，我們所有人去「海之眼」，都是為了去看沒有我們的時間是何面貌。

隔天，在綠草如茵的白河岸，我們生了一把火，將馬鈴薯埋入土中烘烤，無數個世紀以前，黏土泥碗也是以同樣的方式烘烤而成。我們趁熱吃著馬鈴薯，灑上維奇利卡的鹽，搭配棠卡母親花園裡的辣根。

夜幕垂降。八成有什麼事耽擱他們。我可以打米雷克的手機，但我沒打。我喜歡等待，就像這棟沒有門階的房子一樣。我走進擺了鞦韆和扶手椅的房間。

桌子遠端的檯燈輕輕地「嗶」一聲，熄了，大概是燈泡壞了，我沒法換。桌上堆了一疊泛黃報紙，有些日期可回溯到1970年代；一具手持羅盤，可能是米雷克剛當上森林工程師時使用的；一只咖啡錫罐，裡面裝了鐵釘。桌子有個抽屜，我打開它，愚蠢地希望或許能在裡面找到一顆燈泡，用來測試檯燈。但裡面只有書，波蘭小說。在那些小說下方，抽屜的底部，有一本薄冊子，封面是一個女人的照片。我當然認識她，認識她的雙眼以及眼中的神情，那種穿透一堵不透明牆面直視牆後事物的神情，那種充滿驚人之痛與堅忍果斷的神情。我看見她走路時輕微的跛瘸，我聽見她的聲音，用波蘭語、德語、俄語說話的聲音，她十八歲那年在沙皇警察追捕下逃離華沙時的聲音，她從未失去過的少女般的聲音，即便這聲音說出的是有如年老先知的睿智話語。羅莎・盧森堡[14]。我十六歲那年第一次知道她，那時她已去世二十餘年。她就出生在札莫斯奇附近，波吉娜曾為了父親的民宿去那裡和有關當局爭論（但無效）。

誰知道這本名之為《中央集權和民主》（*Centralism and Democracy*）的小冊子是怎麼跑到這抽屜裡的？更不可思議的是，這還是本法文書。然而她這個人、她的作品和她的想像力，都很習慣這種暗中進行的祕密性，都很習慣這種暗中進行的旅行。它們期望被藏在遙遠的抽屜裡。

這本寫於1904年的小冊子的最後一段，這樣議論著：歷史上頭一回，俄國的工人運動有機會真正變成人民意志的工具。然而，看！俄國革命者的自我讓他們失去理智，再次像個全能

14 羅莎・盧森堡（Rosa Luxemburg, 1870-1919）：波蘭馬克思主義理論家及德國共產黨的創始人之一。出生於俄屬波蘭的札莫斯奇，自幼跛腳，身體羸弱，卻無礙於她成為活躍的革命家。一次大戰期間與李卜克內西組織斯巴達克斯聯盟（Spartarcus League），即日後德國共產黨的前身。戰時大半時間被囚禁在獄中，但其作品仍陸續出版。盧森堡認為資本主義乃經由帝國主義向全世界進行擴張。她強調群眾潛在的革命力量，反對列寧式的政黨結構，偏好具有內部民主和大眾參與的組織。

的歷史領袖坐在他至高無上的寶座上說話，中央委員會。他們把事情搞反了，他們不了解，對當今的任何革命領袖而言，唯一正當的主體性是工人階級的自我，他們想要擁有自行犯錯的權利，他們想要為自己學習歷史的辯證。讓我們搞清楚吧。由工人革命運動所犯下的一切錯誤，就歷史而言，都比任何所謂的中央委員會的毫無過失來得更為珍貴，也更具創造力。

天色全黑，我聽到遠方傳來歐夜鷹的吱嘰聲。羅莎坐在鞦韆上，穿著黑色、高統、繫鞋帶、可能是用山羊皮做的高跟（而非平底）薄皮鞋——有些德國同志覺得她對鞋子的品味很怪。她讓鞦韆像長長的鐘擺一樣規律的振盪，振幅維持在來回二十公分的最小距離，不會超過。

鞦韆一次又一次地喚起她死亡的情景。1918年12月的最後幾天，她和卡爾・李卜克內西[15]創立了德國共產黨。兩星期之後，他們在柏林遭到逮捕，帶至伊甸飯店（Hotel Eden）接受審問、毆打，然後綑塞進一輛車裡，據說是要由騎兵衛隊的軍官押送到莫阿比特監獄（prison of Moabit）。事實上，他們被帶到柏林動物園，在那裡慘遭屠殺。她的頭被打得粉碎，屍體丟進蘭德威爾運河（Landwehr canal）。

我朝鞦韆瞥了一眼，看到她厚密如雲的頭髮。

15 卡爾・李卜克內西（Karl Liebknecht, 1871-1919）：德國社會主義革命家，德國共產黨的創始人之一。律師出身，父親是德國知名的社會主義學者，早期以為社會主義者進行辯護聞名，之後積極投入反軍國主義的運動並發表相關著作。

柏林動物園離植物園不遠。在羅莎死前七個月，她從弗羅茨瓦夫[16]的一間監獄寫信給蘇菲・李卜克內西[17]。

蘇菲，妳的信帶給我無比歡樂，我忍不住立刻提筆回覆。如今，妳知道造訪植物園能得到多大的愉悅和舒暢！妳該常常去的。拜妳的生花妙筆之賜，我分享了妳的喜悅。是的，我知道松樹漂亮的葇荑花序，當松樹開花時，它們閃爍著紅寶石的顏色。紅色的葇荑花序是雌花，可孕生出毬果，毬果越長越重，越長越重，將枝椏一路往地面拉。雌花旁邊，是比較不醒目的淡黃色雄花，金黃花粉的來源。不幸的是，從我這裡的窗戶只能望見遠方樹木的葉子，只能瞥到高牆彼端的一點樹梢。我幾乎看不見葉片的形狀，只能憑顏色猜測它們分別屬於哪個樹種，但我確信，整體而言，我應該都沒猜錯。

鞦韆完全停住，橫木座板面朝下方，彷彿它從未移動，也從沒給人坐過。

明天，我要為攀爬在屋後一株洋梨樹上的鐵線蓮畫一幅素描。洋梨成熟時是淡紅色的，果肉帶有些許杜松子的味道，外皮嚐起來像雨中的石板。

羅莎愛鳥——尤其是成群打街道屋頂飛越的都市椋鳥。她自己是隻紅雀，德文叫*Hänfling*。一個同時意味著溫柔與尖銳

16 弗羅茨瓦夫（Wroclaw）：波蘭西南部下西利西亞省的首府。

17 蘇菲・李卜克內西（Sophie Liebknecht, 1884-1964）：德國社會主義者和女性主義者，卡爾・李卜克內西的第二任妻子，曾出版與羅莎・盧森堡的許多通信。

的名字。幾小時之前，我到外面將一床微濕的鳧絨被晾到曬衣繩上時，注意到那株鐵線蓮。它的花特別大，藍色鑲了黑邊，還帶著一抹紫。我要用黑色墨水加唾液加鹽畫那幅畫，這樣可帶出紅墨水的顏色。如果畫得不錯，我將把它夾在那本小冊裡，我剛把它放回抽屜，壓在波蘭小說下方。

一道光束照亮花園彼端的小徑，先是射在高高的豆莖頂端，然後慢慢下降到甜菜根上。光束消失。黑暗變得更黑。然後再度出現，更亮：那是一輛車的頭燈。他們到了。

他們三人一走進屋裡，屋子立刻變大了。屋頂展開它的雙翼。一人獨居時房子會收縮，沒人居住時會縮得更小。棠卡把奧雷克抱在懷裡，當她跨過門檻，從吱嘎作響的門廊玄關走進餐廳時，他們兩人都笑了，就好像那兩張臉有著一模一樣的表情，誰也無法解釋的表情。

米雷克和我開始從車上卸貨。卸下來的東西包括硬紙箱、購物袋、摺疊式嬰兒車、搖搖床、行李箱、保溫盒、一箱杏桃，以及最重要的，結婚禮服，吊在塑膠袋裡的一只衣架上。

車頂綁著一具裝滑雪板的容器，形狀介於棺材和小艇之間。有人把它丟在巴黎街頭，米雷克將它修好了。

把它搬下來吧，雖然我還不打算拆封——這是我們搬到華沙的所有家當，沒別的了。

他們打算在這個沒有門階的房子裡度個長週末，然後取道盧布令開往華沙，按照計畫展開他們的婚姻新生活。

棠卡抱著兒子在房裡四處走著。似乎沒有任何東西令她驚訝。她從容自在。她試著打開一扇窗戶，沒成功。最後，她回到掛了獵人照片的房間，說道：這房子很大。

奧雷克想要棠卡放他下來。他在地板上，牽著棠卡的手，走了幾步，心滿意足的咯咯笑著，彷彿搖搖晃晃的每一步，都是一個抵達之點。他們看到一隻夜蝶。奧雷克絆了一下差點跌倒，還好棠卡緊緊抓住他。慢慢來，她低聲呢喃，慢慢的，一步，慢慢的，兩步……

他在地板上坐著，她把那隻蛾撲到手中，秀給他看，然後走到前門讓牠飛走。Cma！她說，Cma！

自從婚禮過後，棠卡得到了另一種時間感。她可以從直到幾天之前依然無法想見的遙遠未來，以想像的方式回顧現在。她可以想像奧雷克成為父親，而米雷克和她變成了祖父母。此刻她正從未來的某一點上回顧自己，她問了一個問題。我不確定她問的是誰。

你沒忘記吧，沒吧？你記得嗎？這是米雷克和我結婚的第五天。我們一路從新塔爾格開車過來，來到這棟我從沒看過的房子。這房子屬於我出生之前的另一段人生，但米雷克跟我提過它，我們抵達時這房子烏漆抹黑的，約翰準備了一些湯，米雷克正在房間為我們整理大床，房間的柳條籃裡有顆駝鳥蛋，這是近十天以來，我和米雷克第一次有機會獨處。我明白有多少東西等在前方，我很快樂，雙倍快樂，一個女人走進我的結婚禮服，兩個女人走了出來——我的頭髮是赭色的大波浪，記得嗎？我將深愛米雷克，我知道他多值得我這麼做，那是當時我最確知的一件事，還有奧雷克很健康很強壯，我很驕傲，有天早上我幫他穿衣服時，他突然打了我一拳，害我整個眼圈都黑了，可見十個月大的他有多強壯，我很驕傲，當我在這房子裡四處走動時，這是我第一次看到這房子，我告訴自己，我不在乎，我不在乎要花多長時間和多少力氣來整修這棟房子，就算我們得從這個房間搬到另一個房間，得一個房間一個房間的整修，直到整棟修好為止，也沒關係——有哪棟房子完全修好過嗎？我知道，我想立刻住進這裡，永遠住在這裡。記得嗎？

我說不上來是什麼原因讓我今晚這麼有信心，也許是因為你告訴我一切都會沒問題，也許就是這句話讓我有信心的。

我最好幫他換個尿布，她大聲說著，然後抱起奧雷克。

我來整理桌子，我說。

那張桌子很長，是開會用的桌子，不是吃飯用的桌子。上面有三分之二的地方，堆滿了離開時偶然留下的東西，或抵達時突然寄放的物件：衣服、手工具、一捲繩子、盆子、紙袋、帽子。最靠近廚房那頭比較空，布滿灰塵。我把桌子擦乾淨，擺上米雷克買來的大蒜麵包、生鯡魚和醃蘑菇。我從廚房裡拿來長柄湯杓、湯鍋還有雞蛋。我用長柄湯杓將湯舀進碗裡，並在每碗湯裡放進切成兩半的雞蛋。

波蘭人將肯的這道湯稱做*szczawiowa*。這是世界上最簡單而基本的湯，也許正因如此，它除了能提供營養之外，也能激發夢想。就好比，當你感到寒冷的時候它能溫暖你，但同時又能讓你清涼提神。酸模的酸讓蔬菜嚐起來清爽銳利。雞蛋——比你通常在酸模湯裡看到的來得大——則給人圓潤堅實的口感。而在最後一分鐘加入的酸奶油，滲透了這兩種滋味。伯麥（Jacob Boehme）這位十七世紀住在弗羅茨瓦夫西邊不遠處、販賣羊毛手套的鞋匠指出，這世界將歷經七個階段而持續存在。

第一階段是「酸」（Sourness），第二是「甜」（Sweetness），第三是「苦」（Bitterness），第四是「溫暖」（Warmth），「溫暖」之後，根據他的說法，接下來是「愛」（Love）、「聲音」（Sound）和「語言」（Language）。我會把酸模湯擺在「溫暖」與「愛」之間。當你喝它時，你會感覺嚥下了一處地方。蛋的味道是那地方的土，酸模是它的草，奶油是它的雲。

我們靜靜地吃著。棠卡把湯匙裡的湯吹涼，想讓奧雷克嚐嚐。他喜歡。每喝完一匙他就咯咯笑，棠卡就替他擦一次嘴。然後米雷克說：你知道有好一陣子我的夢想是什麼嗎？這夢想是我在巴黎時開始浮現，通常是當我從某個營建工地開到另一處工地，塞在車陣裡的時候。有時，我會在給天花板漆油漆時想到它。我的夢想是開一家小餐館。不大，就十二張桌子，在札莫斯奇的廊街下，提供傳統食物和我引進的新料理，用這花園裡種植的蔬菜水果，還有花園擴大後自己養的雞和兔子。我在大塞車時把菜單都想好了！很瘋吧！

棠卡放下湯匙，用她母鵝般的所有權威轉向他。如果你現在不試著實現這個夢想——她一字一句慢慢說著，墨綠色的雙眼閃爍鼓舞的光芒——你永遠都不會完成！

米雷克沒回答。我們把湯喝完，開始聊其他事情。話語間歇的空檔，我可以聽到隔壁房間傳來的鐘聲。

奧雷克想要離開嬰兒椅，棠卡抱起他，餵他吃杏桃。米雷克推開椅子起身，走進放了鞦韆的房間，把門開著。他將奧雷克的椅子綁在繫繩上，懸在山毛櫸的座椅上方。他試推了一下，把結打得更緊一些，然後走回廚房抱起孩子。

他將奧雷克放進嬰兒座椅，奧雷克把兩條繫繩緊緊抓在他的小拳頭裡，米雷克用他的大手輕輕推著鞦韆。他飛起來了。他越飛越高越飛越高，越來越高興，越來越興奮。

棠卡離開餐桌站在那兒看著，看著她的兒子盪遠盪回，她輕聲對我說，再過兩三個月她準備懷第二胎。

每次當椅子飛向他時，米雷克會立刻把椅子抓在手中，然後拉高一點，再次讓它盪出去。這房子變了，不再是米雷克之前住在這裡的樣子。

我走到外面尿尿，一隻歐夜鷹唱著歌。酷塔一酷塔一酷塔。只有夜鳥會一口氣唱這麼久，不休息。他聽起來比之前近多了，也許就在橋邊的某棵樹上。我往橋邊走去，因為我這輩子還沒看過歐夜鷹，我只聽過他們的歌聲。第一次聽到歐夜鷹，是和卡梅莉雅在艾平森林。牠會吃一整晚的昆蟲，她告訴我，牠的鳥喙張得很開很開，像火車隧道！牠的一隻腳趾，她繼續說，邊緣有鋸齒，沒人知道為什麼。

每次和卡梅莉雅在晚上或白天出去，我都會學到很多名字。這個毛毛東西是什麼？小白環藍蝶（White Admiral）的幼蟲。這個地衣是？絲木。這個結？雙套結。這個呢？你很清楚啊——你的肚臍！

總是有很多東西沒有名字。在那個像翻過來的小船的房間裡，我告訴自己，那些上了亮漆牆面的木紋，是某種無以名之的地圖，我試著把它記在心裡，相信有一天會用得到。無名的領域並非無形。我得在裡面找到自己的路——就像在一團漆黑但有著堅硬家具和尖銳物件的房間裡一樣。反正，我所知道和我所預感到的大多數東西，都是無以名之的，或說，它們的名字都像我還沒讀過的一整本書那樣長。

酷塔—酷塔—酷塔。

我靜靜地站在歐夜鷹棲息的樹下，靜到他再次引吭歌唱。而站在這棵樹下的這個地方，我憶起了我的一些預感。

到處都有痛苦。而，比痛苦更持久且鋒利的是，到處都有懷抱期望的等待。

這隻歐夜鷹陷入沉默，而另一隻，在溪水下游處，回唱著。

指望，是祕密趨近某件事物的方法，那些此刻不被指望的事物。

浚河和清河流著同一種聲音。

自由並不慈愛。

沒什麼是完整的，沒什麼是完成的。

沒人告訴我這些，但我知道，在戈登大道上。

我頭上的歐夜鷹飛離棲樹，朝他友朋的方向會合而去，在篩瀉的月光中，我瞥見他尾羽的白條紋。

微笑邀請幸福，但它們沒透露是哪種幸福。

在人類的屬性中，永不匱乏的脆弱，是其中最珍貴的。

我指著歐夜鷹飛去的方向。這個呢？我問。

那是仙女座，卡梅莉雅回答道，我跟你講過很多次了。

我慢慢踱回屋子。除非驚慌襲來，否則黑暗總能減緩匆忙。還有很多時間。窗裡沒亮燈。

我踏上水泥平台，找到自己的路，穿過吱嘎作響的門廊入口。我沒開燈。

臥房的門半開著。從窗外灑進的微弱光線，像張灰網般覆罩著床鋪，拖著。他們三人都睡了。奧雷克緊靠著父親的胸膛，小手擱在他嘴上，棠卡蜷貼著米雷克的背。一隻蛾在黑暗中碰觸我的手。Cma！只有人類的身體可以赤裸，也只有人類渴望且需要相擁入眠，一整晚的肌膚觸碰。Cma。

不用一個星期，意志堅強的奧雷克將開始在這兒學走路，而棠卡，將會要求米雷克為他們的房子建一梯門階。

8½

妳為什麼從不讀我寫的書？

我喜歡可以帶我進入另一種人生的書。我是為了這個原因才讀以前讀過的那些書的。我讀了很多。每一本都是關於真實人生，但與我翻開書籤、繼續閱讀時發生在我身上的人生無關。我一讀書，就忘了所有時間。女人總是對別種人生充滿好奇，男人因為野心太大而無法理解這點。別種人生，別種你以前活過的人生，或你曾經可以擁有的人生。我希望，你書裡所談的人生，是我只願想像而不願經歷的人生，我可以自己想像我的人生，不需要任何文字。所以，我沒讀它們是比較好的。我可以從書櫃的玻璃門上看見它們。對我而言，這就足夠了。

這些日子我冒險寫了些胡謅的東西。

只要把你發現的東西寫下來就好。

我永遠不知道我發現了什麼。

是啊，你永遠不會知道。你只要知道，不論你是在撒謊或是在試著說出事實，對於其中的差別，你再也犯不起任何一點錯……

致　謝

「我們只能給予已經給予的東西。我們所能給予的，都是已經屬於別人的東西！」——波赫士。對於這本書，我深深感謝以下諸位：Alexandra、Andres、Anne、Arturo、Beverly、Bill、Bogena、Colum、Dan、Gareth、Geoff、Gianni、Hans、Iona、Irene、Jean、Jitka、John、Katya、Leticia、Liane、Libby、Lilo、Lisa、Lucia、Maggi、Manuel、Maria、Marisa、Michael、Mike、Nella、Paul、Pierre-Oscar、Pilar、Piotr、Ramon、Robert、Sandra、Simon、Stephan、Tonio、Victoria、Witek、Wolfram、Yves。

以下書中所引用的波赫士詩句，乃出自 *Selected Poems* by Jorge

People 3

我們在此相遇
HERE IS WHERE WE MEET

作　　者　約翰・伯格（John Berger）
主　　編　吳惠貞、胡金倫
譯　　者　吳莉君
責任編輯　余思
編輯總監　劉麗真
總 經 理　陳逸瑛
發 行 人　涂玉雲
出　　版　麥田出版
城邦文化事業股份有限公司
104台北市中山區民生東路二段141號5樓
電話：(02)2500-7696　傳真：(02)2500-1966
發　　行　英屬蓋曼群島商家庭傳媒股份有限公司城邦分公司
104台北市中山區民生東路二段141號2樓
客服服務專線：(886)2-2500-7718；2500-7719
24小時傳真專線：(886)2-2500-1990；2500-1991
服務時間：週一至週五上午09:30-12:00；下午13:30-17:00
劃撥帳號：19863813　戶名：書虫股份有限公司
讀者服務信箱：service@readingclub.com.tw
麥田部落格　http://blog.pixnet.net/ryefield
香港發行所　城邦（香港）出版集團有限公司
地址：香港灣仔駱克道193號東超商業中心1樓
電話：(852) 25086231　傳真：(852) 25789337
E-mail: hkcite@biznetvigator.com
馬新發行所　城邦（馬新）出版集團【Cite (M) Sdn Bhd】
41, Jalan Radin Anum, Bandar Baru Sri Petaling,
57000 Kuala Lumpur, Malaysia.
電話：(603) 90578822　傳真：(603) 90576622
E-mail：cite@cite.com.my
印　　刷　中原造像股份有限公司
初版一刷　2008年 3月
初版九刷　2015年 8月

售價／280元
ISBN : 978-986-173-344-9

城邦讀書花園
www.cite.com.tw

國家圖書館出版品預行編目資料

我們在此相遇／約翰・伯格（John Berger）著；吳莉君譯. -- 初版. -- 臺北市：麥田，城邦文化出版：家庭傳媒城邦分公司發行，2008.02

面；　公分. --（People；3）

譯自：Here is where we meet

ISBN 978-986-173-344-9（平裝）

873.57　　97001836